Au plaisir d'aimer

Du même auteur

Belle arrière-grand-mère, Fayard, 2014.
Chuuut !, Robert Laffont, 2013 ; Pocket, 2014.
N'ayez pas peur, nous sommes là, Flammarion, 2011.
Sois un homme, papa, Fayard, 2010.
Loup, y es-tu ?, Robert Laffont, 2009 ; Pocket, 2011.
Malek : une histoire vraie, Fayard, 2008 ; Le Livre de Poche, 2010.
Un amour de déraison, Éditions du Rocher, 2008 ; Pocket, 2009.
Allez, France, Robert Laffont, 2007 ; Pocket, 2008.
Laisse-moi te dire, Fayard, 2006 ; Le Livre de Poche, 2008.
Je serai la princesse du château, Éditions du Rocher, 2006 ; Pocket, 2007.
Le Talisman (*La Chaloupe*, vol. 1), Robert Laffont, 2005 ; Pocket, 2006.
L'Aventurine, (*La Chaloupe*, vol. 2), Robert Laffont, 2005 ; Pocket, 2006.
Allô, Babou, viens vite… On a besoin de toi ! (*Belle-grand-mère*, vol. 4), Fayard, 2004 ; Le Livre de Poche, 2008.
Histoire d'amour, Robert Laffont, 2003 ; Pocket, 2004.
Recherche grand-mère désespérément, Fayard, 2002 ; Le Livre de Poche, 2009.
Une femme en blanc, Éditions de la Seine, 2002 ; Robert Laffont, 1997 ; Pocket, 2011.
Priez pour Petit Paul, Fayard, 2001 ; Le Livre de Poche, 2008.
Charlotte et Millie, Robert Laffont, 2001 ; Pocket, 2003.
Marie-Tempête, Robert Laffont, 2000 ; Éditions de la Seine, 2002 ; Pocket, 1999.
La Maison des enfants, Robert Laffont, 2000 ; Pocket, 2001.
Toi, mon pacha (*Belle-grand-mère*, vol. 3), Fayard, 1999 ; Le Livre de Poche, 2008.
Bébé couple, Fayard, 1997 ; Le Livre de Poche, 1998.

(suite en fin d'ouvrage)

Janine Boissard

Au plaisir d'aimer

roman

Flammarion

ISBN : 978-2-0813-4368-9

Prologue

Qui sait que le mot « jouissance » vient du latin « gaudere » qui veut dire « joie ».

Où est la joie dans l'amour tel qu'il nous est décrit ou proposé aujourd'hui ? Le corps avant le cœur, les rencontres éclair et multiples, l'autre regardé comme un objet à posséder, puis à jeter après usage. La violence parfois, la pornographie ?

Dans cette comédie tendrement libertine, j'ai voulu dire que l'amour pouvait être joli, joyeux, ardent et qu'il n'y avait pas d'âge pour, tout simplement, dans un lent et voluptueux partage, éprouver le plaisir d'aimer.

Remerciements

Merci à Jean Grellet qui m'a permis de découvrir Diane, belle dame de Poitiers.

À Thierry Billard qui m'a accueillie avec tant d'enthousiasme.

Et plus que jamais, ce qui veut dire toujours, merci à Gilles et à Laurent d'être là.

Première partie

L'AMOUR EN HÉRITAGE

1

Papa est mort hier, à 76 ans, dans les fastes rouge et or de l'été indien, au chant des oiseaux annonçant la venue de la nuit, la fenêtre de sa chambre donnant sur le parc ouverte à deux battants. Mort comme il le souhaitait, dans le château portant son nom, « Fortjoie », près de son cher Poitiers, après le passage de celle qu'il appelait sa « visiteuse du soir », la seule qu'il ait aimée, parmi bien d'autres, et qu'il continuait d'honorer, avec quelque vigueur, aidé par la magique petite pilule bleue. Et, en effet, avant de lui fermer les yeux, nous avons pu constater, mes sœurs et moi, que, dans le lit défait, il souriait aux anges.

C'est l'un des jeunes peintres qu'il hébergeait depuis la mort de maman – la peinture étant sa passion – qui l'a découvert, inanimé, alors qu'il était monté lui proposer un thé. Il a aussitôt appelé Diane, notre sœur aînée, sur son portable, et, tout secoué de sanglots, lui a appris la nouvelle. Lorsqu'on met la vie en scène, on ne peut se tromper quand elle n'est plus là et Diane n'a pas douté.

Elle a chargé son assistant de nous demander de la rejoindre au plus vite au château et, pour y arriver avant nous, elle a sauté dans une moto-taxi : on n'annonce pas les mauvaises nouvelles par téléphone. Et on garde ses larmes pour soi, principes chers à notre père. Pour ce qui est du second, nous ne nous sommes pas privées de le transgresser.

Avant d'appeler le bon docteur Couve, notre médecin de famille, nous avons décidé de ne pas mentionner le passage de la visiteuse, au risque de déclencher un scandale, celle-ci n'étant autre que la femme de notre ancien préfet, unanimement appréciée, tant pour sa beauté que pour sa générosité. Plus concernée que nous par ces choses-là, notre petite sœur Margot a fait disparaître dans sa poche la plaquette de Viagra, largement entamée, disponible sur la table de nuit.

Le médecin a parlé d'infarctus foudroyant. Tant qu'à évoquer la foudre, permettez-moi de préférer l'ancienne et plus poétique formule, si juste dans le cas présent : « Mort du cœur. »

Papa a toujours détesté gêner. Ajoutons qu'il savait ce qu'il voulait et n'aimait pas déléguer. Ainsi avions-nous trouvé dans un tiroir de son secrétaire un contrat signé avec la même maison mortuaire qui s'était si bien occupée de maman quelques années auparavant. Réglé par mensualités, car ce n'est pas parce que l'on porte un grand nom et possède un château que l'on dispose d'un compte en banque bien garni, contrairement à ce que ces messieurs du fisc imaginent. Il ne restait

– ironie du sort ? Clin d'œil du destin ? – qu'une dernière mensualité à payer.

Un mot y était joint sur une feuille volante, que Diane nous a lu à haute voix. Surtout pas de pleureurs au château avant les funérailles et, le jour venu, plutôt que gerbes et couronnes, un don à son association pour les jeunes artistes-peintres. Enfin figurait la musique qu'il souhaitait voir jouée à l'entrée et à la sortie de l'église. Et là, c'est sûr, ça allait décoiffer. Pauvre mamouchka, heureusement qu'elle ne serait pas là pour l'entendre !

Nos parents ont fait un mariage de raison. Aymar de Fortjoie apportait son nom, son château, un parc aux arbres séculaires et l'accès à la meilleure société de la ville. Paulette Legras – on passait vite sur le patronyme –, une dot rondelette constituée avec vaillance par un père commerçant, épouse à la caisse. Pour la gamine, moquée sans pitié par les « re-de-de » de la ville, dans le collège privé censé lui permettre de grimper l'échelle sociale, c'était la revanche dont elle avait rêvé, classe après classe, le nez coulant sur ses cahiers. Sans se douter qu'elle resterait une parvenue aux yeux de ceux qui, ayant reçu les bonnes manières en héritage, peuvent s'en autoriser de mauvaises et, possédant dès le berceau un langage châtié, emprunter sans complexe celui du charretier.

Faute d'aimer sa femme, papa lui a donné toute l'affection dont il était capable et, respectant le contrat, il s'est astreint à des mondanités qu'il exécrait. Envers nous, tout en se désolant de n'avoir pas eu de fils, il s'est montré le plus attentif des pères.

Son prénom, Aymar, lui viendrait du grand-père de Diane de Poitiers qui, comme tout un chacun à l'époque, fabriquait à tout va des bâtards, ce qui ne prêtait pas à conséquence, la plupart mourant en bas âge. Son nom, Fortjoie, est celui d'un village voisin. Par quelles souterraines ramifications l'un et l'autre se sont conjugués pour nous conduire entre ces murs second Empire, parchemins et portraits jaunis à l'appui, c'est le mystère des arbres généalogiques. Afin de nous y conforter, papa nous a donné à chacune le prénom d'une proche d'Aymar de Saint Vallier.

Diane, comme celle que l'on appelait « la belle dame de Poitiers », pour notre sœur aînée, 46 ans. On dit que le prénom influe sur la personnalité de celui ou de celle qui le porte. Diane est la seule d'entre nous qui sache compter, bercée à l'âge des contes de fées par l'histoire de la protectrice d'Henri II qui buvait de l'or pour rester jeune, belle, et continuer à lui plaire. Et qui, par ailleurs, sut préserver ses biens dans une Europe déjà en proie à de cruelles convulsions : rien ne change ! Notre sœur est trader dans une grande banque. Tout occupée à mener sa carrière, elle n'a pas pris le temps de se marier. Qu'importe puisqu'elle n'aime pas les enfants, tyranneaux d'aujourd'hui. Et, s'il lui en est venu du regret, ceux de Marguerite, notre cadette, l'en ont certainement consolée.

Marguerite – puisqu'on en parle – comme Marguerite de Valois, épouse d'Henri II, a 40 ans. On l'appelle Margot en hommage à Alexandre

Dumas. C'est la plus belle d'entre nous et la plus décidée à le rester. Elle règne sur le cœur d'un mari prêt à tout pour la garder et sur trois garçons, fort heureusement pour eux élevés par leur grand-mère paternelle. Pour mériter son royal parrainage, Margot écrit des poèmes publiés à compte d'auteur, cherche la compagnie des artistes et croit à l'influence des astres pourvu qu'ils lui soient favorables. Mytho, nympho, touchante, incontrôlable.

Moi entre les deux.

Sur cette place au centre, on a tout dit. Bonne ou mauvaise, je m'en accommode. Moins en lumière, moins exposée ? Je m'appelle Filippa comme Filippa Duci, favorite d'Henri II – le revoilà – et qui lui donna Diane, elle de France, avant de disparaître. Je me suis mariée un peu vite, à 20 ans, avec un bel inconnu que je croyais aimer et qui se révéla détestable. Quelques mois plus tard, je reprenais ma liberté et mon nom. J'aurais bien voulu avoir des enfants, trop tard, j'ai 44 ans. Je travaille dans une agence de com'. On y choisit la meilleure stratégie pour imposer une marque, un produit, un nom. On lance une campagne, on vise un public-cible, là encore, la guerre.

Il paraît que maman m'a donné ses doux yeux brun-vert. Papa, lui, ce sont ses rêves, ce qui est utile dans mon métier, et une irrévérence qui parfois nous élève. Certains me disent sociable, battante, voire enthousiaste. Alors, il me semble que l'on parle d'une autre. Qui suis-je ?

2

Quand nous étions jeunes et bêtes, nous mariions Radegonde, reine, veuve et sainte, à Cunégonde et Artémise, les héroïnes de l'affreux Voltaire, ennemi de l'Église, dans son *Candide*. Faute de pouvoir les appeler les « Trois Grâces », déesses de la Beauté : Aglaé, Thalie et Euphrosyne, nous les baptisions « Les Trois Gourdes », et parfois pire, ce qui faisait hurler maman et sourire papa.

Il faut dire qu'à l'église Sainte-Radegonde, notre paroisse, on s'ennuyait ferme. Et puis la sainte, « bienheureuse » comme le disait sa bio ? À voir ! Avant de reposer dans sa crypte, elle avait été mariée au cruel Clotaire, fils de Clovis, qui avait massacré son frère. Après quoi, elle avait fait don de tous ses biens, renoncé aux plaisirs et fondé le premier monastère féminin ; quelle vie ! De plus, il était désormais interdit de tourner sept fois autour de son sarcophage et voir ainsi son vœu exaucé. Alors, des vœux, pour faire passer le temps, nous ne nous privions pas d'en faire, et des pas très catholiques.

En ce mardi de septembre, jour d'enterrement d'Aymar de Fortjoie, l'église Sainte-Radegonde est pleine du tout Poitiers qui compte. Qui compte et recompte ses sous : le souhait de papa « ni gerbes ni couronnes » a été exaucé. Autour du cercueil, seulement quelques bouquets tout simples mêlés de feuillage à baies cramoisies, couleur passion, ainsi qu'il aimait la vie. Le plus beau, sans nom ni ruban, a été déposé discrètement par la visiteuse du soir, chut ! La seconde partie du souhait – don à son association en faveur des jeunes artistes-peintres – est un flop. Diane qui gère n'a pas vu et, parions-le, ne verra pas venir la plus petite enveloppe. Et il me semble entendre les belles âmes refermant les cordons de leur bourse : « Encore faudrait-il qu'il s'agisse de peinture et non de barbouillage. »

Ne leur déplaise, ce sont les « barbouilleurs », que notre père appelait « ses garçons » – faute d'en avoir engendré ? – qui l'ont porté sur leurs épaules jusque devant l'autel. Auraient-elles préféré que les croque-morts s'en chargent ? Au moins, c'était de vrais sanglots qui secouaient leurs poitrines, et le chant vibrant d'allégresse, choisi par leur bienfaiteur pour son entrée, l'*Hallelujah*, interprété par Leonard Cohen, n'y était pas pour rien. Du rock ? Et après ? Débordant de foi.

Dans son homélie, le bon curé n'a pas dit autre chose en parlant du bonheur d'Aymar de Fortjoie, de jouir désormais de la lumière éternelle.

Une musique plus classique accompagne le déroulement de la messe, des chants dont Margot reprend le refrain à pleins poumons. Près d'elle, Charles-Henri, son mari, et leurs trois fils étudiants.

De l'autre côté de la travée, un peu dépareillées, à l'unité, Diane et moi. C'est à ces moments-là que vous manque un compagnon dont mouiller le revers de la veste. Déjà, quand maman est partie…

C'est après son départ, il y a cinq ans, d'un cancer sournois qui l'a fait longtemps souffrir avant de finir par l'emporter, que papa a, tout naturellement si l'on peut dire, ouvert son château aux artistes. Le premier, Joseph, antillais, 1,95 m et 110 kilos de gentillesse et de bonne humeur, était veilleur de nuit dans un parking dont il recouvrait patiemment les murs de son art : sable blond, mer turquoise, femmes alanguies offertes comme des fruits mûrs – pensez à Gauguin – lorsque leurs chemins s'étaient croisés. Nous nous inquiétions de voir notre père seul dans un château aux innombrables portes et fenêtres disjointes. Souci réglé.

Son opposé a suivi : Ladislas, poids plume, distingué, excellente famille poitevine, chassé par son père devant son refus obstiné d'entrer dans sa florissante entreprise de déchets industriels pour préférer peindre. Des nuages, des ailes, du rêve. Magritte, son idole. Qui sait si la famille n'est pas dans l'assistance ce matin ?

Ce qui n'est certainement pas le cas d'Enzo, tombé d'on ne sait quel ciel, et qui criait sa rage et sa douleur sur les trottoirs de Poitiers avec tant de force et de vérité que papa l'a pris au collet et confié aux deux précédents. Le fameux « Cri » de Munch, son cri à lui, peut-être, un jour.

Enfin, le dernier venu, le doux Vincent, orphelin, confié à papa il y a seulement quelques mois par la grand-tante qui l'avait élevé, au bout du rouleau, loin de se douter qu'il achevait le sien. Vincent, le seul à avoir fait une école de peinture, sensible, discret, reconnaissant. Chagall ? Miró ? Il avoue se chercher. Fortjoie était fait pour lui.

Quatre garçons et un point commun : ils se seraient fait couper en quatre pour papa. À défaut, ils s'inclinent devant le croyant et, bravant les regards perplexes, ils nous ont suivies, Diane, Margot et moi, à la table de communion.

C'est Jean-Louis Aubert, le chanteur du groupe « Téléphone », qui a accompagné papa, selon son vœu, à sa sortie de l'église. Et les haut-parleurs, quadrillant la place, envoyaient au ciel les paroles culte de son fameux « Ailleurs ».

« Au-delà des mers,
au-delà des terres,
il y a un monde ailleurs.
Un monde derrière le monde,
mon frère. »

La bienheureuse Radegonde n'aurait pas dit mieux.

3

« Pas de pleureurs au château avant les funérailles », avait demandé papa qui trouvait les larmes mal élevées et aimait à recevoir debout. Après la mise en terre au cimetière de l'hôpital des Champs, dans le caveau familial, aux côtés de maman, Diane a tenu à ouvrir les portes de Fortjoie à ceux qui l'avaient accompagné jusqu'au bout.

La file de voitures, certaines conduites par un chauffeur, a longé l'allée menant au château entre les monticules de feuilles d'or fanées, ratissées ce matin par les garçons, que le vent s'amusait à disperser. Combien de limousines dans la cour ? Près d'une vingtaine. Les chauffeurs se sont regroupés à l'abri de la tourelle restaurée, ils ont retiré leurs casquettes et fument discrètement en discutant le bout de gras, prêts à raccompagner, à l'arraché, un patron speedé chez lui, au bureau ou à un conseil d'administration. À propos de « bout de gras », il faudra penser à leur apporter canapés et boissons. Charles-Henri, mari de Margot, toujours prêt à rendre service ou qui n'a jamais su dire non – autre option – s'en chargera volontiers.

Le buffet, commandé à un traiteur, a été dressé dans le grand salon. Il y a eu peu de meubles à déplacer, la plupart ayant été vendus par le propriétaire des lieux une fois la dot de son épouse tarie. Aux murs, les œuvres de ses protégés ont remplacé celles qu'il appelait des « croûtes », léguées par un ancêtre qui prisait l'ancien. Entre les boiseries plus ou moins écornées, sous les lustres auxquels manquent des pendeloques de cristal, éclatent les soleils rouges de Joseph l'Antillais, voisinant avec les barres gris béton d'Enzo, tandis que, dans un ciel incertain, défilent des nuages, des visages ? ceux de Ladislas, fan de Magritte. Près d'objets dansant autour d'empilements de cartons : Braque ? Miró ? Vincent.

Une coupe de champagne à la main – « on fait les choses correctement ou on ne les fait pas », disait papa, finalement homme à principes –, les convives, vêtus de sombre, tous largement seniors, circulent entre les toiles tels de gros insectes bourdonnants, ravitaillés par les artistes qui ont tenu à participer au service. Et ils ont beau afficher des mines détachées, leurs cœurs doivent battre plus vite à se voir ainsi la cible des regards. Leur mécène ne leur avait-il pas promis une prochaine exposition dans une galerie de la ville ? L'exposition a été avancée, elle a lieu à domicile et le mécène n'est plus là pour les soutenir.

Margot suit, les yeux en escarboucles, des « alors » frémissants au bord des lèvres. « Alors, ça leur plaît ? Ils apprécient ? Qu'attendent-ils pour l'exprimer ? »

Alors, Aymar de Fortjoie a fait l'affront à ses congénères, sitôt partie cette Paulette Legras, son épouse, à qui ils avaient, magnanimes, entrouvert la porte de leurs salons, de snober leurs cocktails et leurs soupers, de déserter leurs Cercles ou autres Clubs, pour se vouer à ces soi-disant artistes, venus d'on ne sait où, dont – paix à son âme – il leur inflige aujourd'hui le désolant spectacle d'ineptes gribouillages.

À l'époque de la reine dont notre petite sœur porte le prénom, la grand peur était le poison. On le trouvait dans une sauce, un breuvage, un parfum, le repli d'un gant. Aujourd'hui, il se distille dans la bouche des puissants. Il suffit de quelques mots pour faire ou défaire une réputation, mettre au ban de la société ceux qui se rendent coupables d'en refuser les règles, venin qui se répand à la vitesse de l'éclair grâce aux méthodes de communication modernes, je connais, c'est mon métier.

« Alors » bourdonnent les gros insectes aux élytres dorés, « ce cher Aymar, avouez qu'il était particulier, des goûts bien à lui, une façon de vivre pour le moins originale, seul avec ces jeunes hommes, allez savoir ce qui se passait, n'était-il pas amoureux de Cocteau ? Oui, merci, encore un peu de champagne ! Vraiment délicieux, ces canapés ! Foie gras, saumon, ne manque que le caviar. Les filles tiendraient-elles de leur père ? L'argent jeté par les fenêtres ? Carrément délabrées, les fenêtres. Pourront-elles garder le château ? Pourvoir à son entretien ? On dit qu'elles se débrouillent, surtout l'aînée, mais, sur trois, une seule mariée et mère, cela fait un peu désordre quand même. La seule chose quasi certaine : elles ne pourront pas continuer à y héberger les parasites, un soulagement pour tout le monde ».

Pauvre Margot, sincèrement admirative des « gribouillages » et de leurs auteurs, si heureuse et fière de les faire découvrir à nos invités tout en rendant hommage à son père. Ses sourires se sont vite effacés en les entendant ; à présent, ses yeux brillent de colère. Avant qu'elle n'explose, ce dont nous la savons capable, Diane l'a prise par le bras et ramenée à « ses hommes » qui se goinfraient au buffet.

Je me trompe ? Il me semble à moi que les regards des épouses sur les « parasites » sont moins impitoyables que ceux de leurs maris, voire indulgents. N'ont-ils pas l'âge d'être leurs fils, pour certaines leurs petits-fils ? Quelques-unes s'en sont approchées, qui se laissent expliquer ce qu'ils ont cherché à dire sur leurs toiles, leurs attentes, leurs espoirs ; pour tous, leur désir d'être vus et entendus.

Vues et entendues ? Combien d'entre elles l'ont-elles été vraiment ? La plupart femmes au foyer – question de génération – s'étant contentées de se vouer à leurs maris et à leur descendance, aidant les uns dans leur carrière en recevant pour eux, les autres à s'envoler en les écoutant et les encourageant, sans prendre le temps de s'interroger sur leurs propres aspirations.

À propos, Rose-Marie s'est fait excuser. L'épouse de notre ancien préfet est victime d'une conjonctivite aiguë qui l'oblige à cacher ses yeux sous des verres fumés. Elle a promis de venir demain nous présenter, dans l'intimité, ses condoléances.

Le café est servi. Qui en souhaite ? La pendule Empire, bronze doré, forme violonée, sur laquelle un amour tend son arc, égrène quatre coups. Déjà 16 heures ? Mais non, voyons. Au château, nul n'ignore que Cupidon avance de quinze bonnes minutes, et notre père, le seul habilité à toucher à ses aiguilles fines comme de la dentelle, son balancier tel un fragile soleil, se refusait à la régler. Encore l'autre jour, ne disait-il pas préférer voir l'amour avancer plutôt que retarder ? Et cela nous avait fait rire : tellement lui !

Mais, soudain, les regards se tournent vers Vincent. Vincent qui pleure, naturellement, sans tapage, sans chercher à cacher les larmes qui roulent sur ses joues. Il pleure celui dont le rêve était d'être peintre et qui, ne se reconnaissant aucun talent, avait décidé d'en aider d'autres à exprimer le leur. Et Joseph, Enzo, Ladislas l'entourent. L'amour multiplié par quatre comme les coups qui viennent de sonner.

Alors, un peu gênés, mal à leur aise, se prenant eux-mêmes en flagrant délit de cœurs secs, les gros insectes, accompagnés de leurs épouses, remercient et quittent les lieux.

4

— Et vive le bal des faux-culs ! explose Margot.

— Qui sont repartis la queue entre les jambes, remarque Diane, réjouie.

— Un mot d'encouragement, un seul, ça leur aurait arraché la gueule ? Ne serait-ce que pour papa !

Je remarque :

— Papa qui ne les respectait pas. Et qui leur faisait l'affront d'être libre.

— Insupportable, en effet, acquiesce Diane.

Elle lève sa coupe :

— À toi !

Toi, qui ne peux être que lui.

Il est 19 h 45 à la pendule-Cupidon. Toutes les trois dans le canapé, nous vidons les fonds de bouteilles laissés par nos invités, du champagne quand même. Le traiteur a remballé son matériel, les garçons se sont retirés dans leurs appartements, les « hommes » de Margot sont rentrés sans elle à Poitiers. Nous avons décidé de dormir sur place : demain, rendez-vous chez le notaire à 10 heures. On s'entassera dans ma Clio.

— J'ai peur, avoue soudain Margot. Qu'est-ce qu'il va dire, ce maître Barbier ? Et puis, d'abord, vous croyez que papa a laissé un testament ?

D'un coup, la reine flamboyante, décrite par le célèbre Alexandre, a perdu sa couronne. Elle n'est plus que la « petite dernière » – 40 ans – dont la cour se résume à un mari mollasson et trois fils à l'âge bête et contestataire : la totale !

— On saura ça demain, répond Diane. Mais pour le testament, ça m'étonnerait.

— Bref, on ne sait pas ce qui va nous tomber sur la tête, résume Margot.

— Pour le ciel, c'est déjà fait. Alors, le reste, tu vois…

Grande dame, Diane a toujours refusé de mettre le nez dans les comptes de papa. Grand monsieur, papa ne nous a jamais parlé d'éventuels soucis dus à un château-gouffre à la période des feuilles mortes : taxes et impôts. Nous voyions disparaître, là un meuble, ici un vase de Chine orné du bouc « yang », signifiant la chance. Son semblable le suivant de près, le bouc se morfondant tout seul, expliquait, tout réjoui, leur ancien propriétaire. Sa minuscule retraite de prof d'histoire de l'art, ajoutée à celle, microscopique, d'« intervenant-conférencier » à l'université, assurant vaille que vaille le courant.

— On ne va quand même pas être obligées de vendre Fortjoie ! gronde Margot.

— Tu n'y penses pas.

— Et eux ? murmure-t-elle en montrant les murs-exposition.

J'entends bourdonner les gros insectes.

— On les garde aussi, rien que pour embêter ceux qui rêvent de les voir débarrasser le plancher.

— Plancher pourri, complète Diane en martelant du talon les lattes affectionnées par les termites.

Elle se lève, s'étire :

— Sacrée journée, les sœurs ! On va se coucher ?

*

Le rez-de-chaussée de Fortjoie est coupé en deux par un hall majestueux dallé de noir et blanc. À gauche en entrant, les pièces de réception : grand et petit salon, bureau à étagères ployant sous les livres, dont quelques-uns, illisibles, signés de notre père. À droite, l'ex-salle à manger rebaptisée « salle du Conseil », les quatre chambres-ateliers des garçons, vue sur parc et, de l'autre côté, vue sur courette, douche-buanderie, office et la vaste cuisine où se prennent les repas.

Au premier étage, le long d'un couloir dont la tapisserie fanée porte les stigmates de gravures arrachées, six chambres et deux salles de bains. Près de la chambre matrimoniale, celle à baignoire ventrue à pattes de lion et robinets-castagnettes. Plus loin, la « moderne », tout miroirs, installée par maman au retour de son voyage de noces en prévision de sa future descendance. Nous avons toutes gardé notre chambre d'enfance. Diane et Margot au premier, moi au second, étage moins noble, mais où j'avais très vite émigré, préférant un lavabo dont la vidange fonctionnait, à une baignoire bouchée en permanence par les longs cheveux de la reine. Et une ambiance Bach plutôt que pop-rock.

Lorsque j'y étais revenue après une petite année de mariage-catastrophe, je me souviens encore de mon déchirant bonheur : ici, chez moi, à l'abri. J'avais 21 ans.

Craignant les « je te l'avais bien dit » de maman, papa avait interdit que le prénom de l'infâme qui avait osé faire souffrir sa fille soit prononcé à la maison. Maman s'était contentée de désigner mon ventre avec appréhension. Je l'avais rassurée : non, je n'étais pas enceinte. Au moins, Hubert y avait veillé, les préservatifs devant être un geste machinal pour le don Juan qui ne comptait pas ses conquêtes et n'avait jamais eu l'intention d'en clore la liste pour moi.

Je me demande encore pourquoi il m'a épousée. Sans doute pour ajouter à ses trophées celui d'une oie blanche qui se gardait pour « le premier, le seul, l'unique ». Et je dois reconnaître qu'il a été bon maître et moi sans doute élève docile car, en quelques mois, j'ai acquis un certain savoir sur les façons d'accéder au plaisir et de le donner. Je sais le pouvoir de caresses qui font de vous cette « poupée de son » dont parle la chanson, incapable de résister – advienne que pourra. Cette « poupée de cire » qui réclame à brûler encore. Et si je n'avais hérité un peu de la fierté de mon père, sans doute n'aurais-je pas eu la force de quitter l'incendiaire avant d'être totalement consumée. D'autant que, comme tout tyran qui se respecte, il m'aurait bien gardée.

Il était 9 heures lorsque je me suis glissée dans mon lit, volets ouverts. Certains ferment ceux des pièces inoccupées, pas lui, pas papa. Il disait qu'il fallait laisser le château respirer. Il disait que l'on n'était plus à l'époque où, pour payer moins de taxes et pouvoir garder leurs châteaux, certains seigneurs en faisaient murer les ouvertures. Papa, grand seigneur !

J'ai mis longtemps à m'endormir. Diane pouvait crâner, où en serions-nous demain après la visite chez le notaire ? Cette chambre, pourrais-je continuer à l'habiter ? Certes, je bénéficiais en ville d'un joli studio. Loué à prix d'or plutôt que de l'acheter, comme tous me le conseillaient, afin d'avoir un toit à moi.

Poitiers, ma résidence secondaire, la principale, le « toit à moi », celui, délabré, de Fortjoie ?

5

Dans le tiroir élégamment étiqueté « Après », papa avait laissé ses instructions concernant son enterrement : normal, puisqu'il en acquittait par avance les frais. En revanche, comme il n'était pas dans ses plans de partir avant d'avoir réglé la dernière mensualité, il n'était pas passé à l'étape suivante : son testament, donnant une fois de plus raison à Diane.

Bien souvent, c'est afin d'éviter que la descendance ne s'étripe pour une commode ou un guéridon, que l'on fait un testament. Fort de la bonne entente de ses filles, notre père, son client et ami, ainsi que nous l'a expliqué avec émotion maître Gonzague Barbier, n'y avait même pas songé. Par ailleurs, son héritage se limitait à château et parc, rien de plus. Ni assurance-vie, ni titres, ni plan d'épargne, et un compte en banque tout juste à l'équilibre, alors...

« Bref, on ne sait pas ce qui va nous tomber sur la tête », s'était inquiétée Margot la veille.

Clair et net, les droits de succession ! Nous devrions très vite faire appel à un expert ou, mieux, deux, pour estimer la valeur des biens. Il faudrait également songer à l'ISF pour celles qui y étaient, ou s'y retrouveraient assujetties après héritage.

L'ISF ? L'impôt sur la fortune ? Margot et moi sommes restées pétrifiées. Quand, comment, avec quels sous ?

De nous trois, seule Diane peut être qualifiée de « riche ». Notre trader a certainement un compte florissant à sa banque et elle possède un bel appartement à Poitiers. Si un tiers du salaire que me verse ma boîte de com' ne passait pas dans le loyer de mon studio, je serais, disons, à l'aise. Quant à Margot, qui n'a jamais travaillé qu'à ses poèmes, publiés on l'a vu à compte d'auteur, elle fait tout son possible pour ruiner son assureur de mari, Charles-Henri qui, sans l'aide de ses parents, avec trois fils étudiants, plus une épouse qui le prend pour Crésus et ses légendaires mines d'or, serait depuis longtemps sur la paille.

— Rassurez-vous, a repris maître Barbier. Un héritage ne se règle pas du jour au lendemain et nous pourrons éventuellement obtenir un délai pour le premier versement.

— J'ai une idée ! s'est écriée Margot.

Un silence consterné s'est abattu sur le digne bureau, souligné par le murmure des livres de droit sur les étagères.

— On organise des visites guidées du château.

— Toi la guide, peut-être ? a ricané Diane.

— Et pourquoi pas ?

— En effet ! ai-je encouragé notre petite sœur.

— Et aussi des cours sur l'art moderne, des visites d'ateliers, tout ce qui pourra nous rapporter des sous, a-t-elle enchaîné, ragaillardie par mon soutien.

Gonzague Barbier s'est éclairci la gorge.

— Dois-je comprendre que vous avez l'intention de garder ces… jeunes hommes à Fortjoie ?

— Et vous voulez qu'on en fasse quoi ? Aux objets perdus ? s'est indignée Margot.

— Il me semble que notre père aurait souhaité qu'ils restent, ai-je remarqué.

— D'accord, d'accord, a soupiré le notaire. Cependant, pardonnez-moi de freiner votre enthousiasme, mais, avant de songer aux visites de château ou autre, il faudra vous assurer que les lieux sont aux normes de sécurité. Et s'ils ne l'étaient pas…

— Ils devraient l'être, l'a coupé Diane. Du moins en ce qui concerne le rez-de-chaussée. Rose-Marie s'en est occupée l'hiver dernier. Figurez-vous qu'il pleuviotait dans le hall, a-t-elle ajouté avec humour.

— Par Rose-Marie, vous voulez sans doute parler de madame de Courlet ? a demandé maître Barbier en lissant avec soin ses moustaches grises, recourbées sur le côté.

— Présidente et trésorière de l'association créée par papa. Ne vous occupez-vous pas de son mari, Gustave ? Il a dû vous mettre au courant.

— À l'occasion, sans doute…

Diane a souri. À l'occasion, nous ne doutions pas que notre père avait confié à son notaire et ami sa relation avec l'épouse de son client. Il est des cas où le secret professionnel doit être acrobatique à garder.

— Et… Rose-Marie de Courlet a-t-elle l'intention de conserver cette activité ? a tâtonné Gonzague Barbier.

— Nous l'espérons ! Son époux n'en a-t-il pas gardé lui-même quelques-unes ? a répondu Diane avec malice.

Lorsque Gustave de Courlet avait pris sa retraite de préfet de Région, celui qui lui avait succédé – même bord politique – lui avait proposé de continuer à assurer quelques obligations mondaines, telles qu'inaugurations, cocktails ou autres réceptions où il excellait, notamment grâce à sa brillante épouse. Il disposait à cet effet des services épisodiques d'un chauffeur. Et, lorsqu'il recevait dans son hôtel particulier, de personnel qualifié pour seconder Rose-Marie.

Nous en sommes restés là. Dès que Diane aurait les résultats de la double estimation du château, elle en ferait part à notre notaire. Elle avait déjà quelques noms d'experts à l'esprit. Nous avons admiré.

Alors qu'il nous raccompagnait à la porte de sa jolie maison blanche, adossée au chemin des Crêtes, à l'est de Poitiers, maître Barbier s'est souvenu avoir entendu notre père lui parler de « vieilles croûtes », remisées au grenier. Sans intérêt pour lui, qui sait si elles n'en auraient pas pour nous ?

Et comme par « vieilles croûtes », papa baptisait l'ensemble de ce qui avait précédé les œuvres de ses protégés, tous les espoirs nous étaient permis.

6

Ne souhaitant pas revenir à Fortjoie avant d'être fixée sur le sort du château et celui des artistes, Rose-Marie nous avait donné rendez-vous à l'Auberge de Moulin, non loin de chez le notaire. Auberge donnant sur la rivière du Clain, où elle aimait aller souper avec papa et, parfois, y occuper l'une des chambres, mises discrètement à la disposition des habitués.

On y avait vue sur la statue de Notre-Dame des Landes, portant un enfant dans ses bras. Traversant le pont de bois qui y menait, nous nous sommes étonnées, une fois de plus, de leur choix. Cet enfant ne rappelait-il pas à Rose-Marie son gros chagrin ? Le drame de sa vie ? Ne pas pouvoir être mère.

Elle avait, nous avait-elle confié, tout tenté en vain. Gustave ? Il refusait de consulter, une stérilité ne pouvant, il l'affirmait, être de son fait. Adopter ? Il y était opposé. Alors, en quelque sorte, notre père l'avait consolée en lui offrant l'affection de trois filles et, plus tard, celle de quatre peintres que, comme lui, elle appelait « ses garçons ».

Passé le pont, un homme rondouillard, toque sur la tête, nous accueille.

— Vous êtes attendues !

Au fond de la salle à demi pleine, ouverte sur la rivière, Rose-Marie se lève en nous voyant entrer. En noir, la belle dame de papa ? Vous n'y pensez pas, il aurait détesté. Elle porte un élégant tailleur gris-perle, chemisier pêche, talons hauts. « Déchausse-t-on une femme en savates ? », feignait-il de s'indigner. Son deuil, Rose-Marie le porte en rouge, au bord de ses paupières brûlées.

Elle nous embrasse tour à tour puis nous nous installons à la table, recouverte d'une nappe à carreaux. Sous nos yeux coule la chansonnette turquoise du Clain. Passent quelques canards, une barque de pêche. L'été s'entête, on s'y baignerait bien, rien que pour le défi.

Trop discrète pour aborder la première le sujet qui nous réunit, Rose-Marie se contente de sourire. Margot piaffe, Diane la devance.

— On va tout mettre en œuvre pour garder Fortjoie et les garçons.

On dit que les grandes douleurs sont muettes. Les grands bonheurs aussi, qui n'en sont jamais loin. Les lèvres de Rose-Marie tremblent un peu. Avant d'esquisser un « merci ».

— À une condition, reprend Diane gaiement… Que vous continuiez à gérer l'association et la bonne marche de la maison.

— Comme avant, précise Margot, partante pour organiser toutes les animations culturelles de France et de Navarre, mais pas, alors pas du tout, pour remplir placards et réfrigérateurs, faire tourner des machines, pourvoir au ménage, recevoir éventuellement un fournisseur. Toutes tâches dont papa se déchargeait volontiers sur sa « visiteuse du soir ». Rose-Marie servie chez elle, à son service chez lui. Les hommes !

— Avec bonheur, acquiesce-t-elle.

Puis elle se tourne vers moi :

— Et toi, ma Filou, tu ne dis rien. Ça te va ?

Ma gorge se serre. Pourquoi pas « mon » Filou, pendant qu'elle y est ? Comme papa aimait à m'appeler, regrettant le fils ?

Je m'oblige à sourire.

— Et si ça ne m'allait pas ?

Mais revoilà le patron. Il nous présente les menus, désigne le tableau noir sur lequel le plat du jour – tendron de veau aux pleurotes – est inscrit à la craie. D'accord pour le tendron, surtout aux pleurotes...

— Peut-être une coupe de champagne pour patienter ? demande l'aubergiste, complice, à Rose-Marie.

Nous attendons la réponse, retenant notre souffle. La belle dame vêtue de clair osera-t-elle ? C'est si elle se dérobait qu'elle nous décevrait.

— Mais bien sûr, *padrone*. Le meilleur, comme à l'accoutumée.

*

C'est elle qui a annoncé la bonne nouvelle aux garçons, rassemblés dès notre retour dans la salle du Conseil… Ils restaient ! Nous gardions le château, dont ils étaient devenus l'âme.

Et même Enzo a applaudi, même si l'âme, lui…

Diane a pris le relais, sans entrer dans les détails. Pour y parvenir, nous devrions rentabiliser les lieux, y organiser diverses manifestations, faire preuve d'imagination. Elle comptait sur la collaboration de chacun. Puis Margot a exposé ses idées : visites de Fortjoie, initiation à la peinture moderne, tours d'ateliers afin que le public puisse admirer les artistes au travail.

Et, là encore, celui dont on aurait pu craindre qu'il renâcle a approuvé.

— On commence quand ? a lancé Joseph avec sa fougue habituelle.

Un rire a couru, derrière lequel nous avons entendu celui de papa.

Patience ! Nous devrions d'abord attendre qu'un ou deux experts aient estimé les lieux, a expliqué Diane. Peut-être procéder à quelques travaux de mise aux normes. En attendant, elle a proposé de monter dès maintenant au grenier afin d'y pratiquer une autre expertise : celle des tableaux anciens que notre père y avait remisés. Et lorsque Rose-Marie a dit espérer que Vincent, frais émoulu de son école d'art, pourrait nous aider, il a rosi de fierté.

Lorsqu'on perd un être aimé, c'est l'oubli que l'on redoute le plus : une douleur moins vive, un manque qui, peu à peu, s'estompe, la vie qui

« reprend ses droits », comme on dit. Droits à arrière-goût de trahison.

Avec papa, l'oubli ne serait pas pour demain. Il n'était qu'à nous voir, rires et larmes à l'œil, autour des « vieilles croûtes », découvertes, emmaillotées dans des couvertures, entre cuvettes ébréchées, vases de nuit et mobilier bancal. Trois, comme ses trois filles ?

Un Bonnard (Pierre) représentant un chien, mendiant devant l'assiette pleine de son maître. Un Cézanne (Paul) montrant une baigneuse aux formes généreuses à peine voilées. Et un beau bouquet de glaïeuls, signé Vlaminck (Maurice de).

Certes, le Cézanne s'avérerait être une copie, la cote de Bonnard était en chute libre et Vlaminck peu prisé pour ses bouquets, notamment ses ennuyeux glaïeuls, mais l'ensemble nous permettrait de tenir… jusqu'à la fortune ?

Et tiens, ne parle-t-on pas de « bonnes fortunes », au pluriel, en évoquant des rencontres galantes.

Un jour, nous nous en souviendrions.

7

— Heureux de te revoir, Filippa !

Jean-Pierre, le directeur artistique de l'agence, maison mère à Paris où il se rend régulièrement, me serre la main, regard droit dans le mien. Inutile d'en dire davantage. Et il était à Sainte-Radegonde.

Puis c'est au tour de Cyril, grand chef de la stratégie, doux stratège aux yeux clairs. Lui, m'embrasse sur les deux joues.

— On t'attendait avec impatience, ma chérie. Ça va ?

— Puisque je suis ici…

Cyril aussi était à la messe d'enterrement. Durant combien de temps compte-t-on les présents et les absents tout en se disant que, bien sûr, on ne pouvait pas voir tout le monde, n'empêche…

— Réunion à 10 heures, le temps de t'installer ? propose Jean-Pierre.

— OK.

Dernier cap à franchir : Aurélie, mon assistante, dans le petit bureau qui jouxte le grand mien. Elle s'est levée et se tortille sur ses hauts talons sans savoir que dire, « condoléances » un trop grand mot. Elle ignore que ce sont les plus simples qui vous réchauffent le mieux le cœur, comme, il y a un instant, le « j'ai du chagrin pour vous », de la gardienne de l'immeuble. Je la dédouane en l'embrassant.

— Tu m'appelles dès que la réunion commence ?

Ma large baie donne sur le parc de Blossac. Au-dessus des arbres roussis s'élève un vol d'étourneaux comme une poignée de cendres jetées au vent. Le ménage a été fait, ma corbeille vidée. Sur la longue table de verre, près de l'ordinateur, un dossier est resté ouvert, qu'Aurélie n'a pas osé toucher ?

La dernière fois que j'ai pris place dans ce fauteuil de cuir qui vous balance un peu, c'était vendredi dernier, même pas une semaine. Quelle heure était-il déjà quand mon portable avait vibré ? Le soir tombait, une voix masculine avait dit quelque chose comme : « Pouvez-vous vous rendre au château, votre sœur vous y attend. » L'assistant de Diane. Il avait raccroché avant que j'aie pu lui demander pourquoi ? Il me semble aujourd'hui que j'ai su tout de suite que c'était pour lui, pour toi, mon père.

Inutile de dire combien le nom de mon métier l'enchantait : « Acheteuse d'art. » Vous imaginez une galerie, une salle des ventes, une exposition. Vous entendez le claquement sec du marteau d'un commissaire-priseur : « Adjugé, vendu. » Vous n'y êtes pas du tout, rien à voir. Chez Quintessence, je sélectionne les objets nécessaires à la réalisation de la réclame – j'aime ce mot qui contient « clamer » –, il m'arrive de trouver le lieu du tournage. Lors des réunions auxquelles tous participent, toutes les idées sont les bienvenues : travail d'équipe.

Qui ne m'est pas tombé tout cuit dans le bec. Loin de là.

De retour à Fortjoie après mon divorce, refusant l'offre de mes parents d'une tranquille convalescence à leurs côtés – pourquoi pas un voyage ? –, je m'étais lancée dans les « petits boulots », prenant tout ce qui se présentait afin d'épuiser mon corps et libérer mon esprit de celui qui les possédait encore.

Et puis un jour, vous ne savez pas pourquoi, vous vous réveillez et la fièvre est tombée. Vous tâtez la plaie avec précaution pour être sûre, mais oui, c'est fini. Ce jour-là, conseillée par Diane, j'avais repris mes études en m'inscrivant dans une école de communication où j'étais restée les cinq années nécessaires à décrocher un master. Quintessence cherchait une stagiaire, le temps de gravir les échelons, cinq autres s'étaient écoulées. Jusqu'à aujourd'hui, ce bureau, ces responsabilités, ce travail « récréation-création ».

À propos !

Définition de « quintessence » : le cinquième élément, l'éther, s'ajoutant aux quatre autres bien connus : terre, eau, air, feu.

Éther : fluide dans lequel se propagent les ondes lumineuses.

Qui dit mieux ?

Lors de la réunion, après un tour d'horizon sur les différents projets en cours, notre directeur artistique nous a annoncé la bonne nouvelle : un parfumeur mondialement connu confiait à l'agence le lancement d'une eau de toilette, baptisée MUSE, au printemps prochain. Six petits mois devant nous. Gros budget. Nous avons applaudi.

— Filippa, peux-tu t'y attaquer en priorité ? Oublie le reste, m'a ordonné Jean-Pierre.

Même maladroite, oh, l'amitié !

*

L'agence se trouve dans le quartier Saint-Hilaire, même quartier que mon studio. Un bon quart d'heure de marche, d'une église à l'autre, par les rues piétonnes. Saint-Hilaire, étape du Chemin de Compostelle, jusqu'à Saint-Porchaire, dont la célèbre cloche « Anne », qui date du XVe siècle, fait la fierté de la ville. Et de ceux qui gîtent à portée de son timbre.

7 heures sonnaient lorsque je suis arrivée au pied de l'étroite maison à colombages, maison classée, où j'ai le privilège de loger. Grimpant les trois étages, mon cœur se serrait un peu. Dans mon beau perchoir, personne ne m'attendait. Bien sûr, j'avais eu quelques aventures après mon divorce, mais sans jamais éprouver le désir de m'arrêter près de l'un ou l'autre. Des passants. Hubert m'avait-il guérie d'aimer ? Et peut-on appeler « guérison » cette solitude, même choisie ?

Dans la grande pièce au plafond barré de poutres, mon canapé-lit était resté défait, la porte de la salle de bains et celle de la kitchenette, ouvertes. Depuis vendredi, je n'étais passée qu'en hâte pour prendre quelques vêtements sombres.

La messagerie de mon fixe clignotait. Je ne l'avais pas interrogée sachant que, en cas d'urgence, j'étais joignable sur mon portable. J'ai jeté mon sac sur le lit et écouté le premier message.

— Allô, mon Filou, tu me rappelles ? a demandé papa.

8

Fin octobre, déjà ! Cette nuit, on a changé d'heure. Une heure gagnée, perdue ? L'éternel et lassant débat. La nuit tombera une heure plus tôt, les enfants dormiront une heure de plus.

À Fortjoie, après délibération, nous avons décidé à l'unanimité de mettre la pendule-Cupidon à l'heure d'hiver tout en lui laissant ses précieuses quinze minutes d'avance.

Plus que le château délabré, c'est son hectare de parc, aux abords de la ville, qui a fait monter l'estimation des experts à un niveau qui nous a laissées, Margot et moi, K-O, chacune des héritières étant tenue de régler 25 % de l'impôt-succession. Comment ? Diane, épaulée par maître Barbier, se fait fort de nous obtenir un délai.

Quoi qu'il en soit, nous n'avons plus le choix : si nous voulons garder Fortjoie, nous devrons rentabiliser les lieux.

Grâce à la vente des glaïeuls-Vlaminck et du chien mendiant-Bonnard, aucun des deux sujets n'étant malheureusement au plus haut de sa cote, nous avons pu effectuer les quelques aménagements indispensables à l'ouverture du château au public durant les week-ends. Sitôt le dernier coup de truelle donné, les visites ont commencé. En dépit de l'important travail fourni par Margot sur les origines du bâtiment et ses diverses transformations au cours des siècles, à partir de la documentation fleuve amassée par papa, à laquelle notre petite sœur ajoute, selon l'humeur du jour, imagination et fantaisie – historiens s'abstenir –, on ne peut dire qu'il y ait foule.

Ses topos sur l'art moderne, deux après-midi par semaine, sous les lustres du grand salon, où elle jongle allègrement avec périodes fauve, rose, bleue, cubisme, surréalisme, j'en passe, rencontrent davantage de succès. Surtout lorsqu'ils sont suivis de tours d'ateliers durant lesquels nos artistes répondent de bon cœur aux questions des visiteurs. À l'initiative de Rose-Marie, les plus assidus deviennent membres de l'association et bénéficient d'un certain nombre d'avantages, dont un accès plus facile au château et – ne riez pas, c'est du sérieux – d'invitations à des « Thés culturels » privés où chacun peut donner libre cours à sa propre inventivité, explorer ses sentiments, exprimer ses attentes. Chacun ? Il convient plutôt de dire « chacune », les rares hommes qui, au début, accompagnaient leurs épouses, ayant vite déclaré forfait, le « caquetage » de ces dames les insupportant. Élégant !

La participation financière à ces moments privilégiés est laissée à la discrétion des « membres du

Club », comme elles aiment à s'appeler. La plupart se montrant aussi généreuses que leurs maris étaient durs à la détente. Les sommes recueillies sont versées à l'association, Rose-Marie veillant à ce que tout soit fait dans les règles au cas où le fisc y mettrait son nez.

Elle veille également à ce que les garçons respectent le contrat passé avec l'ancien propriétaire des lieux : « Pas de petite amie au château. » Libre à eux de voir qui ils veulent au dehors, et même – ils ne sont pas prisonniers – de découcher, à condition d'être de retour aux heures de travail. À notre connaissance, ils ne semblent pas en souffrir et, s'ils ont petite ou grande amie, ils évitent de nous en parler.

Forte de notre approbation, Rose-Marie a transformé la chambre où elle passait de si agréables moments avec notre père en un coquet « salon de compagnie », comme il en existait autrefois, illustrant un art de vivre, dans la douceur et la gaieté, carrément en panne aujourd'hui. Elle aime à y recevoir l'un ou l'autre peintre et s'enquérir de son bien-être. On a peine à croire qu'elle a largement dépassé les 60 ans. Qui sait si, un jour, son Gustave – nettement plus âgé qu'elle – disparu à son tour, elle ne se sentira pas le cœur à revenir occuper le lit aux souvenirs brûlants, discrètement dissimulé derrière une tenture.

Mais ne rêvons pas. Nous n'en sommes pas là.

Afin d'aider Margot à accueillir les visiteurs, je réintègre presque chaque fin de semaine ma chambre à Fortjoie, ce qui ne m'empêche pas de travailler, ordinateur portable et mobile à l'appui. Au cours de repas communs, j'apprends à mieux connaître nos pensionnaires. Reconnaissons que papa était un peu exclusif ! Joseph, le premier arrivé, le plus disert et aussi le plus actif. Appointé par l'association, il continue à gardienner les lieux, contrôler autant que faire se peut la végétation hystérique du parc, entretenir le verger pour le plaisir de se servir aux arbres fruitiers en saison ; partageant bien sûr avec nous. Son rêve ? S'offrir quelques semaines de farniente à La Barbade, perle des Antilles, son île natale. Gâter sa famille et boire du rhum à petites gorgées, à l'ombre des palmiers, ployés comme des fleurs sur le sable blond des plages.

Enzo a-t-il un rêve ? Des quatre, c'est le plus secret. Nous ne savons ni d'où il vient, ni ce qu'il faisait avant que papa, ébloui par son cri, ne le ramène à Fortjoie. Tout est possible, « même qu'il ait un casier », chuchote Margot en se léchant les babines.

Les parents de Ladislas vivent à Saint-Benoît, près de Poitiers. Il semble que ce soit son jeune frère et sa petite sœur qui lui manquent le plus. Bien sûr, ceux-ci n'ont pas le droit de le voir. Comment une mère peut-elle avoir coupé les ponts avec un garçon si sensible et délicat ? Mari violent ?

Enfin, dernier venu, le timide Vincent. De mère célibataire, élevé par la grand-tante qui l'avait confié à notre père en pensant qu'il lui survivrait, nous n'en savons pas davantage. Qui est-elle ? Où vit-elle ? Comment se fait-il que nous n'en n'ayons pas de nouvelles ? Vincent, qui semble si heureux d'être ici que nous nous gardons bien de l'interroger, au risque de réveiller d'anciennes blessures.

*

Les fêtes de la Toussaint sont passées avec leur triste cortège de cérémonies. Suivies par les commémorations du 11 novembre. Dans le parc détrempé, les arbres pleurent leur feuillage. Nous avons dû abandonner les visites du château qui, finalement, ne rapportaient presque rien tout en augmentant considérablement la note de chauffage. Pour les cours d'initiation à la peinture moderne, c'est fait. Ces dames sont initiées, réinitiées, repues. Elles savent tout sur la beauté cachée d'un simple point sur une toile vierge, un visage cabossé, un triste empilement de cartons, voire un désolant charnier de cuvettes de WC. Seuls les « Thés culturels » cartonnent. Surtout lorsqu'ils sont suivis de visites d'ateliers.

Une bonne et une mauvaise nouvelle.

La bonne : le fisc a consenti à nous accorder un délai pour le règlement de la première tranche impôt-succession.

La mauvaise : nous n'en avons pas le premier sou.

9

C'est Rose-Marie qui a eu l'idée, une idée toute bête comme toutes les grandes idées. Elles sont là, évidentes, indiscutables, vous crevant les yeux. Sans doute est-ce pourquoi vous ne les avez pas vues, aveuglé, comme certains, par la passion. Et lorsque vos yeux s'ouvrent, un bien-être vous emplit : quelque part, vous étiez attendu.

Pour nous l'annoncer, la présidente nous a conviées, Diane, Margot et moi en son « salon de compagnie », le dernier samedi de novembre, veille de l'Avent, jour d'espoir. Elle portait une robe élégante et des bas fins – collants bannis. Sa façon d'être fidèle à celui qui avait partagé les lieux avec elle, en continuant à se vêtir chaque jour sous son regard exigeant.

Rose-Marie pensait avoir trouvé le moyen de renflouer la caisse désespérément vide de l'association.

C'est la réflexion de l'une des nouvelles « amies » de Fortjoie, assidue aux visites d'ateliers, qui l'avait mise sur la voie.

« Au moins, eux, ils nous regardent ! »

Réflexion applaudie par l'ensemble des dames présentes.

« Eux », nos garçons, si attentionnés, empressés, reconnaissants ! Contrairement à leurs époux pour lesquels, depuis belle lurette, elles faisaient partie du décor, pour ne pas dire « des meubles », maris qui, non seulement oubliaient de les regarder mais, bien souvent, portaient leurs yeux sur de plus fraîches.

Et Rose-Marie était aux premières loges pour le savoir, avec son Gustave qui, depuis longtemps, allait voir ailleurs sans même s'en cacher. Gustave qui n'avait jamais soupçonné qu'un autre que lui ait pu la considérer comme belle et désirable. Suivez mon regard…

D'où la grande idée.

Des portraits.

Des portraits d'elles-mêmes que ces dames commanderaient aux jeunes artistes, l'occasion pour elles d'être vues, appréciées, considérées, lors des nombreuses heures de pose. Et aussi de faire plus ample connaissance, d'approfondir leurs relations, dans l'intimité des ateliers. Tout en faisant œuvre charitable car, bien entendu, ces portraits leur seraient facturés et les sommes récoltées versées à l'association. Des œuvres sans prix, ce qui signifiait que celui-ci en serait élevé, nous permettant, si les demandes étaient suffisamment nombreuses, de nous acquitter de la première tranche impôt-succession.

— Nulle, je suis nulle ! s'est écriée Margot, dépitée de n'avoir pas eu l'idée en premier.

Car, elle l'avait bien remarqué, lors des trop courtes visites guidées d'ateliers, ces dames ne rêvaient qu'à les prolonger, si possible sans guide. Et n'en n'avait-elle pas surpris, s'y glissant en douce, pour remettre une douceur, voire une enveloppe à l'un ou l'autre artiste ?

— Ça va être une tuerie ! a prédit notre petite sœur.

— À condition que les garçons acceptent de s'exécuter, s'est amusée Rose-Marie.

— Ils n'attendent que ça !

Nous avions beau dire, avec le règlement édicté par notre père : « Pas de petite amie au château » – et combien il avait eu raison, imaginez le boxon si n'importe qui y avait ses entrées –, il était flagrant que les jeunes hommes manquaient cruellement de compagnie féminine. Margot pouvait le constater lorsqu'elle leur faisait des p'tits coucous le soir, avant de rejoindre, le cœur gros, son mari à Poitiers.

Prévenant une explosion de Diane : « p'tits coucous », formellement interdits à la fan de Dumas, dans la chambre des garçons, Rose-Marie a repris la parole : les maris, justement, elle allait nous en parler. Que penseraient-ils de son idée ?

Le plus grand mal, assurément.

Il suffisait de se souvenir de leurs soupirs consternés lorsqu'ils avaient appris que les peintres seraient gardés dans les lieux, et de les entendre, faussement peinés, annoncer la faillite inéluctable du château. Si leurs épouses pouvaient continuer à le fréquenter, c'est qu'elles s'abstenaient de les mettre au courant ou leur faisaient savoir qu'elles y étaient reçues par Rose-Marie de Courlet en personne.

Nous avons convenu que celles qui passeraient commande devraient éviter autant que possible d'en parler à leur entourage. Et que l'œuvre serait réglée sur leurs propres deniers. Imaginez que les maris s'y retrouvent de leur poche ! Éventualité qui a fait passer un joli vent frais de rires. Des portraits de LEURS épouses, sur LEURS murs, payés par LEUR bourse…

Notre trader maison, qui tient les comptes de la partie fortunée de la ville, veillerait à ce qu'il n'y ait pas tricherie.

Nous étions samedi. Pourquoi traîner ? Il a été décidé de lancer dès lundi un ballon d'essai du côté des amies de Fortjoie, à l'occasion d'un « Thé culturel » surprise. Margot se chargerait d'avertir un maximum d'amies par mail. Diane et moi pourrions-nous nous libérer ? Diane est son propre patron, je ne pointe pas à Quintessence. 16 heures ? 16 heures. Et, surtout, pas un mot aux garçons avant de savoir s'il y avait preneuses, gare aux fausses joies.

Par mesure de précaution, nous avons raccompagné notre petite sœur jusqu'à son 4 x 4. La moto-taxi de Diane se pointait déjà. Rose-Marie a proposé de me déposer chez moi dans son élégant coupé. J'ai accepté avec reconnaissance. Pour en revenir à son Gustave, c'est un danger public. Sa dernière ? 70 kilomètres à contresens sur l'autoroute, zéro gramme d'alcool dans le sang, en pleine possession de ses moyens, c'est dire leur état ! Permis supprimé, chut !

Papa, qui n'avait jamais pensé à passer le sien, s'en remettait les yeux fermés à sa visiteuse. Comme pour le reste. Nous nous sommes séparées à regret en bas de mon studio.

Vite, lundi !

10

Oh, vite lundi ! soupirent les amies de l'association en faveur des « jeunes artistes-peintres de Fortjoie » – un peu long, elles préfèrent se dire « amies », tout simplement – tandis que s'éternise un dimanche épuisant de monotonie. Vite, un peu d'air, de fantaisie, de nouveau, de conversations autres que tournant autour du quotidien : maison, repas, enfants. Enfants, repas, maison.

— Maman, ça ne t'ennuie pas de nous les garder ?

Mais non, bien sûr, avec joie ! Elles comprennent que leurs jeunes couples, les deux travaillant, aient besoin de s'échapper durant quelques heures pour vivre leur vie, comme on dit. Eh oui, elles les garderont leurs petits, changeront les couches, les nourriront, encourageront leurs premiers bredouillis, s'extasieront. Mais que le temps est lent à passer. Impossible de lire plus d'une ligne sans être interrompue. Ne me dites pas qu'il n'est que 5 heures ? Mon dieu !

— Si tu veux bien, ma chérie, je vais faire un tour à mon club.

Là, c'est leurs maris qui filent. Leurs clubs, leurs cercles, parfois une bonne amie. À la première infidélité, elles ont pleuré, crié, menacé. Ils ont promis, ils se sont montrés plus prudents, ils leur ont fait de jolis cadeaux – les mêmes qu'à « l'autre » ? Ça n'a rien changé, alors elles ont fini par se résigner. Elles savent qu'ils leur resteront, trop de choses en commun, affectives, matérielles, trop de dégâts s'ils osaient, ils n'oseront pas. Ceux qui sont au courant affirment qu'elles ont la meilleure part.

Soit, mais de plus en plus elles s'interrogent. Leur vie ne sera-t-elle plus que cette grise et lassante sonatine sur un même thème, pédale douce ? Leurs cheveux blanchiront sous la couleur, elles deviendront transparentes aux yeux des hommes : épouses, mères, grands-mères. Et elles ? Et moi ?

Bien sûr, elles ont un peu honte, elles se sentent un peu coupables. Alors que tant sont seuls et démunis, n'ont-elles pas une famille, un toit, une vie aisée ? Et elles oseraient se plaindre ?

Elles ne se plaignent pas, elles s'en vont. Tandis qu'autour d'elles leurs proches font et défont le monde, applaudissant les uns, exécutant les autres, soudain, elles ne sont plus là. Elles sont ailleurs, un ailleurs où les rêves sont encore possibles, les fantasmes autorisés. Certes, elles répondent aux questions, partagent les rires, jouent le rôle appris par cœur du terne scénario de leur vie, mais seul le déguisement est là, pas elles, plus elles.

Il arrive que l'un ou l'autre s'en aperçoive. On les reprend gentiment « Eh, oh, maman, on est là ! T'es où ? » Et elles reviennent autour de la table, ou dans le salon, et comme l'humour fait partie de la bonne éducation, elles répondent : « Pardon… Alzheimer ? » Et tous rient, elles les premières.

Oh oui, vite lundi !

11

Combien sont-elles dans le salon où des sièges ont été ajoutés afin que toutes puissent s'asseoir : une vingtaine ? Moyenne d'âge, la bonne cinquantaine. Certaines, arrivées très à l'avance, frissonnant au sortir de leurs fourrures, s'excusant : « Il fait si déprimant dehors ! » Autour de la cheminée où brûle une joyeuse flambée, ça bruit, s'exclame, se déplie, se déploie, une volière ? Pourquoi pas, on manque sérieusement de chants d'oiseaux, ces temps-ci !

Sur deux tables de bridge rassemblées, joliment nappées, un buffet-goûter a été dressé : thé, jus de fruits, biscuits, sablés, macarons. Quelques-unes ont attaqué sitôt là. Margot les soupçonne d'avoir séché le déjeuner pour mieux en profiter. Bien sûr ! N'est-ce pas ce qu'elle-même a fait ? C'est tellement meilleur ensemble.

Des regards interrogateurs, inquiets ?, passent de Diane à moi. Que faisons-nous ici un jour de semaine ? Pas de mauvaises nouvelles au moins ? Toutes sont au courant des difficultés de Fortjoie.

Pour celles qui les auraient ignorées, leurs maris n'ont pas dû se priver de les éclairer. 15 h 45, pas de Rose-Marie. Que fait-elle ? C'est à la présidente que reviendra d'annoncer sa grande idée. Diane s'éloigne un peu, son portable à la main, revient.

— Ça va. Un déjeuner officiel qui s'est éternisé, souffle-t-elle. Elle arrive.

Un rire ! Celui d'Aude Ardoin, l'épouse de notre député local, le « beau Guy », toujours bronzé, fervent apôtre du multiculturalisme – ça ira mieux quand on parviendra jusqu'au bout du mot sans fourcher. Couleurs, religions, sexes, tous égaux, donnons-nous la main, mes frères. Un peu facile, ironisent les mal-pensants, quand la main du prédicateur est blanche et ornée d'une lourde chevalière, témoin de racines plantées depuis la nuit des temps dans son pays. Aude a la cinquantaine, elle assume des rondeurs qui lui vont bien au visage. Elle n'a jamais travaillé, se contentant d'accompagner à plein-temps son mari dans sa carrière, jusqu'au sommet, aujourd'hui, où il siège à l'Assemblée. Tout en élevant leurs trois enfants.

Et voilà Armelle, elle, longue, mince, bibi chic sur son chignon bien tiré. Vous ne la verrez jamais sortir sans chapeau, elle se sentirait nue. Épouse d'un « baron » de la finance, à défaut de l'être par le sang, qui passe plus de temps dans les airs, direction pays émergents, que chez lui.

Et tiens, Sibylle ! Divorcée, toute nouvelle retraitée, fermement décidée à profiter à fond de cette « seconde vie » dont parlent à longueur de colonnes les journaux féminins, libérée des contraintes professionnelles et, peu ou prou, familiales. Enfin le droit de penser un peu à elle. Elle a commencé : son lifting est une réussite.

— Bonjour à toutes !

La voilà enfin, notre Rose-Marie, légèrement essoufflée, rayonnante. Comme j'aimerais qu'il la voie ! Et elle ne perd pas de temps. Elle frappe dans ses mains avec énergie.

— Puis-je vous demander de bien vouloir vous asseoir ? Nous avons une grande nouvelle à vous annoncer.

Elle vibre toute : la « grande nouvelle », elle a dû y penser lors de son assommant déjeuner officiel, puis durant le trajet qui l'a menée jusqu'à nous. Tandis que ces dames s'exécutent, certaines, tasse de thé à la main, pas de petits plaisirs, Margot, Diane et moi l'entourons. Une fois le silence fait, elle se tourne vers la porte donnant sur le hall et, par-delà, les ateliers.

— Vous les aimez ? attaque-t-elle, se dispensant de les nommer.

Un « oui » général lui répond.

— Vous souhaitez qu'ils restent à Fortjoie ?

Là, le « oui » se teinte d'inquiétude.

— Eh bien, vous allez les y aider !

Quel art de la mise en scène, du suspense ! Même Margot retient son souffle.

— En leur commandant votre portrait, laisse tomber la grande comédienne.

C'est dit. Ballon d'essai lancé. Aude l'attrape au vol.

— Notre portrait ? À NOUS ?

— Vous ! Visage, buste, en pied, au choix.

— Dans quelle tenue ? lance une voix mutine.

— Celle qui vous siéra.

Un bref silence salue la réponse, que soulignent les battements de la pendule-Cupidon. Un doigt se lève, celui de Sibylle. Elle désigne les tableaux aux murs : soleil rouge, gris béton, intrigants nuages, collages improbables.

— Et comment nous reconnaîtrons-nous ? Devront-ils changer de style ?

— Mais certainement pas ! s'indigne Margot. Picasso a-t-il changé de style lorsqu'il a peint ses nombreuses femmes ? Et toutes se sont reconnues.

— Des portraits qui se vendent à prix d'or, intervient notre trader, s'engouffrant dans la brèche.

— Pour en revenir aux vôtres, leur produit sera versé à l'association après que les artistes auront perçu leur pourcentage, précise la présidente.

— Chaque portrait nécessitant de nombreuses heures de pose durant lesquelles ils ne pourront se consacrer à leur œuvre, observe Diane.

— Pour se consacrer tout à vous, s'enflamme Margot.

Et soudain…

— Je prends Joseph ! lance Aude.

Là, le rire est général. L'Antillais qui, avec tout le respect dû à la femme de député, l'appelle « Aube », en raison de ses corsages vaporeux couleur pastel.

— Pas si vite, pas si vite, la calme Rose-Marie. Vous êtes les premières consultées. Encore va-t-il falloir nous assurer que les artistes seront partants.

Les visages s'assombrissent : pourraient-ils ne l'être pas ?

— Ce qui ne doit pas empêcher celles qui le souhaiteraient de prendre une préinscription, leur redonne espoir la présidente.

— Arrhes à la commande, solde à la livraison. Prix calculé en fonction du nombre d'heures de pose, complète Diane.

Un mouvement se fait dans le salon.

— Une minute ! s'écrie Rose-Marie. Il nous reste à parler de vos maris, du moins pour celles qui ont le bonheur de les avoir toujours près d'elles

D'un seul coup l'atmosphère a changé. Les maris ? Que venaient-ils faire dans la belle histoire ? Lorsque la présidente a laissé entendre que, peut-être, sait-on jamais, certains pourraient souhaiter figurer sur le portrait, le tollé a été général : mais ils s'octroieraient toute la place ! D'accord, d'accord… Et si c'était un enfant, voire un petit-enfant, qui postulait ? Les protestations ont redoublé. Et la jalousie des brus, s'indignant de voir l'un choisi plutôt que l'autre ? Voulait-on les brouiller avec leur famille ?

Rose-Marie s'est inclinée : on ne parlerait de rien aux maris. La sagesse !

Plus de questions ?

Le doigt timide de celle qu'on appelait « la pauvre Henriette » s'est levé. Une drôle d'histoire : Henriette Gaillard !

Sans charmes, elle s'était mariée sur le tard à un ingénieur plus jeune qu'elle, avec qui elle avait conclu un marché. Il lui donnait un enfant – son rêve – en échange de quoi elle finançait son entreprise. Contrat tenu. Jusqu'à la découverte de Fortjoie, elle avait vécu comme une nonne, entièrement vouée à ses vieux parents, un mari qui ne la touchait plus et à son fils, Enguerrand. Mal attifée, cheveux gris, à peine maquillée, elle semblait porter le deuil de la femme qu'elle aurait pu être. Ce à quoi certaines s'étaient promis de remédier.

— Mettons qu'ils soient d'accord, auront-ils le droit de choisir leurs modèles ? a-t-elle demandé, craignant d'être laissée sur le carreau.

Un délicieux petit vent de pitié a soufflé.

— Il ne manquerait plus que ça ! l'a rassurée Diane. Toutes les demandes seront satisfaites.

— Et n'est-ce pas le propre de l'artiste que de transcender son sujet, d'aller au-delà de l'apparence, de découvrir la beauté cachée, s'est réenflammée Margot. De peindre l'aura ?

Tandis que notre Henriette-beauté cachée baissait pudiquement des yeux pleins d'espoir.

Si tout le monde était d'accord, l'aventure débuterait après les fêtes, chacune ayant à accomplir ses obligations familiales. Si tard ? Quelques soupirs ont été étouffés. Diane s'est attablée devant son ordinateur pour noter les préinscriptions. Premières sur la liste, premières servies. Ces dames ne se privaient pas de jouer des coudes. Sur 20 présentes, 11 inscrites, quand même !

Et déjà la nuit enveloppait le parc. Tout près, sans se douter de rien, les garçons achevaient leur journée. Bientôt, ils délaisseraient leurs ateliers. Il faudrait veiller à ce qu'ils ne croisent pas l'une ou l'autre éventuelle bienfaitrice au cas où la tentation viendrait à celles-ci de trahir le secret. Pas de fausses joies.

Nous avons décidé de leur parler demain, première heure. Diane et moi dormirions sur place. Margot nous a quittées à regret, Rose-Marie sur un élégant V de la victoire.

12

C'est en général Joseph qui quitte son atelier le premier. Il fait un tour de parc pour s'assurer que la grille est bien fermée et vérifier que nul ne s'y est introduit. Suivent Ladislas et Enzo qui, eux, se rendent directement à la cuisine. Une improbable amitié s'est nouée entre le fils de nantis et le garçon des rues, tous deux rejetés par leurs familles. L'insolence d'Enzo semble faire du bien à Ladislas, on a l'impression que, à son contact, il se muscle. Vincent, en général le dernier à lâcher ses pinceaux, les rejoint un peu plus tard.

Si, ainsi que l'avait affirmé Margot, prenant comme d'habitude ses rêves pour des réalités, espérant satisfaire ses propres désirs, ils souffraient d'un manque de compagnie féminine, les rires s'échappant de la cuisine, tandis qu'ils préparaient leur dîner alors que Diane et moi achevions de ranger le salon, permettaient d'en douter. Rires et savoureuses odeurs : tomate, épices, herbes ?

— Puisqu'on est là, on dîne avec ? a proposé Diane.

— Sans moi.

Contrairement à Margot qui ment comme elle respire et à Diane qui sait se montrer impénétrable, s'ils m'interrogeaient sur ma présence au château, je craignais de ne pas parvenir à leur cacher qu'il s'y tramait un événement important les concernant.

J'ai raflé quelques biscuits laissés par les belles dames, une bouteille d'eau.

— Et tu ne leur dis pas que je suis là !

— Ta voiture non plus, elle n'est pas là ?

— Hum... Tu leur dis que j'ai mal à la tête.

— La fameuse migraine des dames qui ne veulent pas ?

— Par exemple. À propos, tu crois qu'ils voudront ?

— Je n'en doute pas.

Je l'ai embrassée, je l'aimais, et je suis montée me cacher dans ma chambre.

J'ai vite enfilé un pyjama, me prémunissant contre un changement d'humeur. Pioché un livre dans ma bibliothèque : un polar, tiens ! Un peu de suspense pour me changer les idées. Provisions de survie à portée de main, calée à mes oreillers, j'ai tourné les premières pages. Déjà lu, tant pis ! En bas, des acclamations ont salué l'entrée de Diane à la cuisine, le rire chaleureux de Joseph.

Lui, ce serait certainement « oui ». Surtout lorsqu'il apprendrait qu'Aude l'avait choisi. Enzo ? Moins évident. Et son côté « mauvais garçon » ne risquait-il pas de rebuter les éventuelles bienfaitrices ? Ladislas m'avait confié redouter voir débarquer au château une amie de sa mère. Ne manquerait plus qu'il doive faire son portrait ! À cette idée, je n'ai pu m'empêcher de sourire. Quant à Vincent, si retenu…

Une gorgée d'eau, une bouchée de biscuit, j'ai repris mon polar, survolé quelques lignes.

Bon ! Admettons qu'ils acceptent. Pour remplir les caisses de l'association, Rose-Marie et Diane misaient sur de nombreuses heures de pose. Et Margot avait beau dire, ils devraient bel et bien modifier leur façon de peindre afin que les modèles se retrouvent sur leurs toiles sans que leurs maris ne les y reconnaissent. Pas gagné ! Quant à Picasso, cité par notre petite sœur, ne lui était-il pas arrivé d'exécuter un portrait en trois coups de crayon sur la nappe en papier d'un restaurant ? Exécution sommaire…

« Je prends Joseph », avait lancé Aude. Aude et ses rondeurs, ses chemises transparentes. Que prenait-elle exactement ? Qu'espéraient ces dames, soudain si pressées de s'inscrire ? Si peu désireuses de mettre leur mari au courant ?

J'ai refermé mon livre. Inutile d'aller chercher le suspense dans un roman, nous allions l'avoir à domicile. Un château en péril, quatre jeunes et beaux artistes, des dames… disponibles. Et une pendule coiffée d'un Cupidon au carquois rempli de flèches, que notre père se félicitait de voir avancer…

On dit que, pour bien dormir, il faut avoir l'âme en paix. J'ai très mal dormi, ne cessant de me tourner et retourner dans mon lit, avant de tomber, à l'aube m'a-t-il semblé. Aude-Aube ?

Et, soudain, on tambourine à ma porte, Diane. Il est 8 h 30, je fais quoi ? Rose-Marie est là depuis 8 heures, Margot vient d'arriver, on m'attend au salon.

13

Oui !

Quatre mains levées. Tous partants pour faire le portrait des amies de l'association, nous permettre de conserver Fortjoie… et eux avec. Souscrire au vœu de leur bienfaiteur.

Un « oui » auquel Joseph a ajouté son rire joyeux, Enzo apporté une nuance de « ouais », Ladislas et Vincent un timide point d'interrogation.

Margot n'a pu se retenir d'applaudir, Diane m'a lancé un regard taquin : cette migraine ? Rose-Marie peinait à cacher sa joie.

Et maintenant, du concret ! La présidente a désigné les œuvres exposées aux murs.

— Vous êtes-vous déjà essayés au portrait ?

Bien sûr, même si là n'allait pas leur préférence.

— Avec de véritables modèles ?

Joseph, oui. Enzo, des filles de passage, Vincent dans son école de peinture, Ladislas, pas vraiment, pouvait-on parler de portraits « suggérés ? »

Eh bien, là, rien de suggéré, du tangible, a expliqué Rose-Marie, ces dames souhaitant, à juste titre, se reconnaître dans les œuvres qu'elles leur commanderaient et pour lesquelles elles étaient prêtes à se soumettre à autant d'heures de pose que nécessaire. S'en sentaient-ils capables ?

À nouveau, quatre mains brandies.

Puis Diane a annoncé la bonne nouvelle : une dizaine d'amies étaient déjà inscrites.

— Dont l'une a choisi son interprète, a-t-elle ajouté malicieusement.

Notre aînée est comme ça. De même que Diane de Poitiers, la marraine que papa a voulu lui donner, elle sait allier une rigoureuse gestion des finances et un penchant pour le divertissement. Et, alors qu'elle désignait Joseph et prononçait le nom d'Aude, elle ne cherchait pas à cacher son plaisir.

Les hommes sont plus prompts à arborer le leur. Notre Antillais a bondi de son siège et dansé avec un mélange de feu et de lascivité : comme en son île ?

Le calme revenu, le nom des autres inscrites a été cité, dont Armelle, Sibylle et la pauvre Henriette. Pour satisfaire toutes les demandes, chaque artiste devrait, bien sûr, prendre en charge plusieurs dames à la fois. Pas de souci pour le planning, Diane gérerait.

Il était temps de parler gros sous.

Le nerf de la guerre.

Guerre livrée, on ne le répéterait jamais assez, pour la bonne cause : garder Fortjoie. Diane en a exposé les règles : le prix de chaque portrait serait fixé en fonction du nombre d'heures de pose passées sur – pardon, « avec » – les modèles. Ni trop, leur laissant à penser qu'on les grugeait, ni trop peu au risque que ces dames considèrent le travail comme bâclé. Bref, le fameux « Cent fois sur le métier… » était à oublier. Enfin, après que les artistes auront perçu leur pourcentage, la somme obtenue irait à l'association, dûment déclarée, pas un sou au noir, au cas, très probable, où le fisc s'en mêlerait.

Un silence approbateur a accompagné l'exposé. Bien sûr, c'était OK. La présidente a conclu : même si tout artiste est en droit d'avoir ses préférences, aucune demande ne devrait être rejetée.

C'est là que la main de Vincent s'est levée : s'il avait bien entendu, Henriette Gaillard figurait parmi les inscrites. Dans ce cas, il se portait volontaire pour s'en occuper.

Tout lui ! Le sourire tendre de Rose-Marie en disait long sur l'affection qu'elle portait à notre dernier venu. D'accord pour Henriette, le « pauvre » étant désormais banni.

— Début de l'opération ? s'est enquis Joseph, impatient, Aude-Aube en ligne de mire, déclenchant un rire général.

Patience, patience ! On allait laisser passer les fêtes durant lesquelles ces dames seraient toutes à leurs obligations familiales. Et ils en profiteraient pour mettre leurs ateliers aux normes de la bienséance, c'est-à-dire séparer plus nettement la partie « chambre » de la partie « travail », afin que la proximité d'un lit ou d'un lavabo, ne trouble pas la pudeur des modèles. Des paravents, dont on ne manquait pas au château, compléteraient la coupure.

La date du lundi 14 janvier a été retenue. D'ici là, les visites d'ateliers seraient, bien entendu, suspendues.

— Et si vous voulez vous exercer avant, je suis à votre disposition, n'a pu s'empêcher de glisser Margot, saluée par les applaudissements masculins, refroidie par le regard meurtrier de Diane et un brin lassé de Rose-Marie.

11 heures sonnaient. Déjà ? Temps pour Diane et moi de reprendre le collier après presque quarante-huit heures de… comment appeler cela ? Récréation ? Retirez les deux premières lettres, vous y êtes !

Les garçons nous ont remerciées avec émotion avant de regagner leurs ateliers. Rose-Marie resterait un peu. Margot s'est résignée à rentrer chez elle.

Je me demande… Quel peintre aurait-elle choisi s'il lui avait été donné l'autorisation de poser ? Enzo, sans doute, pour son côté mauvais garçon. Margot aime à se mettre en danger.

Diane ? L'idée ne lui serait même pas venue de poser. On ne mélange pas travail et vie privée.

Moi ? Sans hésiter Vincent, sa douceur, sa retenue, ces hésitations sur ses toiles qui ressemblent à celles que parfois j'éprouve. Et son regard qui, il y a encore un instant, cherchait le mien comme s'il voulait me confier quelque chose. Sans en avoir le droit.

14

Comment mettre la poésie en scène ? Exprimer ce souffle qui soulève la vie, tantôt l'exalte, tantôt nous berce et nous console ?

Le casting de MUSE progresse. Trois mannequins ont été retenus : une toute jeune fille, une femme et un jeune homme. Ils seront vêtus de mousseline blanche, cheveux défaits, flous et vaporeux pour elles, longues boucles châtains pour lui. Le cadre s'imposait : la proue d'un voilier. La brise soulève voiles et chevelures tandis que sur la mer courent quelques notes de harpe, bientôt reprises par un orchestre. Nous travaillons sur les accessoires : un gouvernail tressé de fleurs ? Un alambic où se reflétera la scène ? Transparence de rigueur. Tournage en mars sur une île grecque.

À Poitiers, les fêtes de fin d'année se préparent dans une débauche de lumières et de bruit. À peine la nuit tombée, s'allument des étoiles de pacotille le long de guirlandes tels de gros serpents d'argent, tandis que, dans les haut-parleurs, musique et pubs se succèdent. Des gens chargés de paquets circulent, hagards, se promettant que l'année prochaine ils n'attendront pas le dernier moment pour faire leurs emplettes. Où sont les sourires ? Où est la joie ?

Je rêve d'une minute de silence offerte par le célèbre parfumeur qui nous a passé commande. D'un seul coup, tout se tait. Surpris, les gens s'arrêtent, lèvent le nez : une panne ? Et voilà que se répandent des senteurs qui leur parlent de paix, grand large, évasion. Oserai-je en parler lors de notre prochaine réunion à Quintessence ? Déjà, trouver le nom du parfum ! J'ai cherché le mot « silence » dans le dictionnaire. En latin *silencium*. Trop église, sermon. Papa rirait : « C'est bien toi, mon Filou, un rêve sur le rêve. » Eh oui !

À Fortjoie, nous nous apprêtons à fêter notre premier Noël sans lui. « Rien qu'un mauvais moment à passer en le déguisant en bon », s'amusait-il.

Tout commençait par le sapin, « emprunté » au parc début décembre, transporté en grande pompe jusqu'au salon, replanté bien droit dans un massif pot de terre bistre à guirlandes dont il prétendait qu'il avait connu Versailles. C'était à son pied, et non devant la cheminée, que l'on déposait les paquets. Ouverture le jour de Noël quand tout le monde était là, y compris Margot et sa famille. Et, bien sûr, la « visiteuse du soir » échappée pour quelques heures à son préfet. D'autant plus aisément que la descendance manquait !

Avec quels sous les garçons parvenaient-ils à offrir un présent à chacun, chacune ? Bon an mal an, notre père s'arrangeait pour qu'au moins une de leurs toiles soit vendue, dont il ne révélait pas toujours le nom de l'acquéreur. Afin que nul ne soit dans ses petits souliers lors du déballage, les cadeaux modestes étaient de rigueur pour tous.

Nous avons, bien entendu, décidé de perpétuer la tradition, et tout le monde s'est retrouvé autour du sapin le 25 en fin de matinée. Peut-on dire que l'atmosphère était égayée par les odeurs de peinture fraîche s'échappant des ateliers faisant grande toilette en prévision du 14 janvier ?

À ce propos, le bouche-à-oreille aidant, d'autres inscriptions s'étaient ajoutées aux onze. Ce ne seraient pas moins de seize modèles que Diane aurait à gérer. Un prix moyen de l'heure de pose avait été fixé, libre à chacune d'offrir davantage si le cœur lui en disait. Tous comptes faits par Diane et Rose-Marie, se fondant sur une moyenne de vingt heures de pose, soit dix séances par dame – un minimum –, nous n'avions plus aucun souci à nous faire. Ces messieurs du fisc seraient servis en temps et en heure.

— Et après, on renouvelle le cheptel, avait lancé gaiement Margot. S'y voyant elle-même ?

S'attendant à une réaction négative de son mari et aux rires de ses fils : « pas de la première fraîcheur, les dames », elle avait décidé de ne leur parler de rien.

Il serait fastidieux d'énumérer tous les cadeaux trouvés dans les souliers. Nos artistes s'étaient groupés pour offrir à chacune d'entre nous quelques-uns de ces jolis bracelets que les jeunes filles aiment à superposer à leurs poignets. Pour ma part, je leur ai offert poèmes ou musique, ce qui revient au même.

À Joseph, du flamboyant avec Isaac Albenitz. À Enzo, quelques ballades illustrées de François Villon. Un CD de Marc Lavoine à Ladislas. Et, à Vincent, une ancienne édition de poèmes de Paul Verlaine.

Lorsque le salon n'a plus été qu'un champ d'honneur de papier-cadeau déchiré et que remerciements et embrassades ont été terminés, nous nous sommes jetés sur le réveillon-buffet improvisé, auquel tous avaient apporté leur contribution. Champagne offert par Rose-Marie, ou plutôt par l'ex-préfet dont la cave débordait.

Finalement, Noël, une réussite.

*

Le passage à la nouvelle année a été fêté en petit comité chez Margot, seulement nous trois et son mari, la présidente étant retenue par des obligations professionnelles. Là, c'est Diane qui a fourni le champagne, présent d'un de ses nombreux clients reconnaissants.

— Pas sûr que la reconnaissance perdure jusqu'à l'année prochaine, a-t-elle fait mine de se désoler.

Ah bon ?

L'épouse du généreux donateur faisait partie de nos seize ! Nous avons beaucoup ri. « Nos seize » ?

Charles-Henri n'a pas compris. Encore une de nos lubies.

Lorsque minuit a sonné, nous embrassant sous le gui, nous avons fait un même vœu, en forme de château à tourelle, jolies dames et jeunes artistes, en espérant que ce ne serait pas un château en Espagne. Ne restait plus qu'à attendre le grand jour.

Deuxième partie

LE BANQUET

15

Aude-Aube

Franchement non, Aude n'aurait jamais imaginé ça, cette drôle de chaleur se répandant en elle à peine la porte de Joseph refermée sur eux, eux deux, eux seuls. Comment dire ? L'épanouissement, au plus profond d'elle-même, d'une fleur jusque-là en bouton.

Bien sûr, lors des visites d'ateliers, face aux jeunes artistes si touchants, si secrètement heureux de voir les amies de Fortjoie s'intéresser à leur œuvre, même Enzo sous ses airs bravaches, elle en avait ressenti les prémices. Mais avec cette ampleur, jamais.

Et certainement pas avec son mari, pris à temps complet par son job de député : réunions à l'Assemblée, débats-buvette, rapports, déplacements ici et là pour répandre la bonne parole : tous frères, toutes sœurs, tous frères et sœurs – le masculin l'emporte. Le « beau Guy », ainsi que l'appelaient certains, qui, lorsqu'il ne s'envolait pas vers le sud pour y butiner quelques fleurs exotiques afin de concrétiser le message, était si peu là, si pressé lorsqu'il l'était.

Oui, cette drôle de chaleur…

Aude aurait-elle dû se sentir coupable ? Mais de quoi ? N'était-ce pas le peintre qui avait commencé, ce jour qu'elle avait entouré d'un cœur sur son agenda comme une ado, où, devant toutes, il l'avait choisie, elle l'élue, en l'appelant « Aube » ?

Ah, elle avait bien senti la jalousie des autres dames, sourires coincés, rires aigres : Aude-Aube, et puis quoi encore ? Mais aussi, elles n'avaient qu'à porter des chemisiers plus gais, plus légers. Appelle-t-on « Aube » une femme corsetée jusqu'au menton, toutes issues fermées à la caresse naissante du soleil ?

Et puis, autre jour à marquer dans les annales, l'annonce que le château risquait d'être vendu, les peintres à la rue, suivie du vibrant SOS lancé par Rose-Marie, présidente de l'association, épaulée par les sœurs Fortjoie, ainsi qu'on les appelait joliment, comme les célèbres sœurs Brontë, Anne, Charlotte et Emily, même si les malheureuses étaient mortes de la tuberculose – passons – et sa fabuleuse idée, pour celles qui en auraient les moyens de commander leurs portraits aux artistes.

Bien sûr, à la clé, de longues et fastidieuses heures de pose sans savoir – mystère de l'art abstrait – sous quelle forme elles se retrouveraient au final, mais bon, pignoche-t-on à la table de la générosité ? Et Aude n'avait pas été peu fière d'être la première à se porter volontaire, nommant Joseph dans la foulée, très vite suivie par quelques autres.

Lorsque la question des maris avait été soulevée, par la présidente elle-même, experte en la matière, Aude avait bien ri. Un peu méchamment, soit, elle le reconnaissait. Mais son Guy lui demandait-il son autorisation lorsqu'il s'installait chez des amis (ajoutez un e) dans la capitale afin d'y répandre jour et nuit son message, s'assurer qu'il passait bien, éventuellement joindre le geste à la parole ?

Et, plus récemment, l'avait-il consultée avant de s'envoler pour l'île de La Réunion, douze heures de vol, afin de passer les fêtes au plus près des Réunionnaises, la laissant en otage à sa belle-famille, beaux-parents pétris d'admiration pour « leur » député, parlant d'abnégation, de don de soi (mais bien sûr !), de sacrifice. En plus, il avait neigé en abondance à Poitiers, grise bouillabaisse partout. Si Aude n'avait eu la perspective de se réchauffer très bientôt au soleil des Antilles, pas sûr qu'elle aurait tenu le coup.

Première inscrite, première servie : lundi 14 janvier, de 10 à 12. Elle a fortement encouragé son Guy à prolonger sa semaine de présence à l'Assemblée par un week-end chez un copain (ah ah). Ainsi serait-elle libre pour le doux branle-bas de combat : coiffeur, soins du visage, choix de la tenue de pose. Samedi, elle s'est rendue dans le salon 5 étoiles de l'incontournable Sacha, qui soigne d'autant mieux les femmes que là ne vont pas ses préférences : coupe-couleur. Sans surprise, Aude y a retrouvé Armelle que Sacha appelle son « désespoir » à cause de son refus de toute autre coiffure que le chignon, et aussi quelques autres amies de Fortjoie avec lesquelles elle a pris le thé dans le petit salon prévu à cet effet, tandis que les manucures leur faisaient des doigts de fées. Dimanche, masque régénérant et délicieuses hésitations autour de la tenue propre à inspirer son artiste. Un corsage « aube » bien entendu, mousseline délicatement rosée, jupe en corolle, bottines lacées révélant un mollet bien galbé.

Et c'est le grand jour. Rentré tard – elle n'oserait dire « à l'aube » –, son député dort en travers du lit : moi, moi, moi. Après un bain parfumé, Aude s'est habillée dans l'une des anciennes chambres d'enfant devenue chambre d'amis. Ne manquait que la dernière touche qu'elle est allée chercher dans le tiroir secret du secrétaire Empire, légué par sa grand-mère. Cache inconnue de son mari, bien capable au nom du partage, de troquer l'un de ses précieux bijoux contre collier ou bracelet de coquillages ébréchés, rapportés de ses escapades.

Elle en a sorti religieusement le médaillon porte-bonheur de son aïeule, c'est le jour ! Il représente un beau visage d'hétaïre – courtisane de l'Antiquité grecque – aux doux yeux bruns fendus comme la tunique qui dénude ses seins généreux, et l'a suspendu à son cou : parfait.

9 h 30, déjà ? L'heure d'y aller. Coup d'œil à la fenêtre, temps brouillardeux, dommage, il va falloir cacher tout ça sous un manteau. Du mouvement dans la chambre à coucher ? Trop tard, elle est déjà envolée.

Rose-Marie, Diane et Margot l'attendaient dans le hall du château transformé en quartier général.

Derrière le lourd bureau où trônait l'ordinateur de Diane, entre portables, fixe et livre de comptes de la présidente, le planning de cette première semaine était affiché sur un tableau. Semaine de cinq jours, le week-end étant réservé au repos pour les guerriers, à leur famille pour les modèles. Horaires d'hiver – nuit tôt tombée –, seulement deux séances de travail par jour, soit quarante heures de pose à répartir entre les inscrites. Tout en se réservant la possibilité de modifier le planning en cas de nouvelles inscriptions ou de désistement de dernière minute : un vrai casse-tête ! Pour Diane, un jeu d'enfant.

Margot, fébrile, a annoncé à Aude qu'un débriefing, exclusivement féminin, était prévu à 16 h 30 au salon. Ainsi seraient recueillies, à chaud, les premières sensations de chacune. Rose-Marie a ajouté que toutes suggestions seraient les bienvenues, toutes critiques entendues. Exceptionnellement, les déçues auraient la possibilité de changer de tir. Enfin, le vilain mot « cliente » était désormais banni, remplacé par le plus élégant « amie ».

9 h 48, tiens, Armelle arrivait, tout enfourrurée. Armelle-Enzo, bon courage ! Aude a laissé son manteau sur un cintre dans le vestiaire improvisé, puis, encouragée par les applaudissements muets des organisatrices de la belle aventure, elle a poussé la porte de celui qu'elle s'était choisi.

*

Debout près de son chevalet, dans sa blouse blanche d'artiste, Joseph la regarde intensément. Et c'est là que commence à monter l'intrigante chaleur. Mais aussi, Aude avait oublié que l'Antillais était si grand, au moins vingt centimètres de plus qu'elle. Si large et athlétique. Et cette tenue de chirurgien… Vous voudriez résister, vous ne le pourriez.

La pièce sent bon la peinture fraîche, est-ce cela qui fait tourner sa tête ? Un paravent a été déplié qui sépare le côté « chambre » du côté « atelier ». Et voilà qu'il s'approche, s'empare de ses poignets, prononce son prénom, l'éloigne à bout de bras pour mieux la regarder. S'imprégner de son modèle ? La chaleur se répand, qui n'a rien à voir avec celle du radiateur rougeoyant près de la chaise à haut dossier. Où elle est censée s'asseoir ?

Lorsqu'il la lâche, elle vacille un peu, désigne le siège : « Là ? » Lui, montre le lit : « Ici si tu préfères. » Comment a-t-il deviné ? D'ailleurs, est-ce un lit ? Plutôt un sofa, un amoncellement de coussins de toutes les couleurs. Quant au « tu », tout le monde sait que le « vous » se marie mal avec le soleil.

Docile, Aude va au sofa, y tombe, s'y enfonce, s'y love. « Love »… les mots ont parfois de drôles de façons. L'artiste dispose les coussins autour d'elle, en fait une sorte de nid. Ses longs doigts soulèvent le médaillon, il en approche son visage.

— C'est une hétaïre, s'entend-elle murmurer.

Devra-t-elle expliquer le sens de ce mot ? Il le lui épargne.

— C'est là que je te mettrai, décide-t-il en défaisant un bouton de son corsage pour mieux recentrer le bijou. Tu devras le porter à chaque fois que tu viendras.

Et tandis qu'il passe derrière son chevalet, empoigne le large pinceau-brosse destiné aux fonds, en badigeonne la toile vierge, l'aube se lève, mouillée de rosée.

16

Armelle

Qu'aurait-elle dû faire ? Se relever sur-le-champ, quitter l'atelier en claquant la porte, exiger le remboursement de son chèque, reprendre sa fourrure dans la penderie, commander un taxi, ne plus jamais remettre les pieds à Fortjoie ?

Tel avait été le premier réflexe d'Armelle. Aussitôt réprimé. En choisissant Enzo pour exécuter son portrait, elle savait très bien ne pas opter pour la facilité. Les regards incrédules des amies de l'association, chère à Aymar, le lui avaient confirmé. Elle en avait même éprouvé un petit sentiment de fierté. Eh oui, la difficulté, voire un certain danger ne l'effrayaient pas. Et c'était mal la connaître que de l'imaginer se contentant d'organiser des ventes de charité ou autres manifestations assommantes en faveur des déshérités de tous bords. Même si, pour être honnête, elle reconnaissait que c'était à la faveur des rencontres de Fortjoie qu'elle avait ressenti l'ardente obligation d'aller plus loin, se colleter avec la réalité, qu'on lui pardonne l'expression : « Rentrer dans le dur. »

Mais qui n'aurait compris son bref désarroi lorsque, après s'être installée sur la chaise devant le chevalet, tête haute, sourire crâne, prête à affronter stoïquement ses heures de pose, son portraitiste avait fondu sur elle et l'avait délestée de son chapeau, d'un même mouvement, expédié celui-ci sur le lit défait, mal caché par un paravent, et retiré les épingles de son chignon, libérant une chevelure qu'elle ne montrait qu'à Anselme, son époux, qui d'ailleurs ne la regardait plus.

— Tu vois, les mères abbesses, très peu pour moi, avait lancé le peintre avec un rire provocateur.

Eh bien, qu'il ne compte pas sur elle pour céder à la provocation, s'en aller, renoncer. Elle s'était carrée plus résolument encore sur son siège, assumant son choix.

Il avait commencé à fureter du côté de ses pinceaux, sans la quitter de son œil de velours sombre. S'il n'avait eu ces cheveux trop longs, ce collier de barbe qui faisait ressortir des lèvres pleines, ce polo qui moulait indécemment son torse, laissant apparaître deux bras musclés à souhait, il aurait été présentable.

Et méritait-il le détestable qualificatif qu'avait employé Anselme au sortir de la réception donnée par les sœurs après les funérailles de ce pauvre Aymar : « Une petite frappe » ?

Évidemment, tout le monde ne pouvait pas, comme l'époux d'Armelle, frapper à grande échelle dans sa banque internationale : sociétés écran, comptes numérotés, fichiers asiatiques, actifs toxiques... Ainsi en allait la finance aujourd'hui, même des ministres s'y mettaient !

Mais « mère abbesse », quand même ! Une mère abbesse se maquille-t-elle ? Met-elle des perles à ses oreilles et autour de son cou ? Du parfum sur sa main au cas où l'on voudrait la baiser ?

Ce qu'Armelle avait fait sans hésiter ce matin pour montrer au prétendu « mauvais sujet » que, pour elle, tout sujet était digne d'intérêt, qu'elle respectait Enzo et le soutiendrait dans ses projets.

Mais voilà qu'il revient, s'arrête quasiment à ses genoux – non, inutile de la remercier, tout le plaisir sera pour elle.

— Alors, ça te plaît ? demande-t-il en désignant ses toiles en vrac contre le mur, ce gris, cet univers fermé qu'elle s'est promis d'éclairer un peu. « Et toi, tu te vois comment dans le décor ? »

À nouveau ce « tu » qui, curieusement, assèche sa gorge tout en lui retirant ses défenses, la fait fondre en quelque sorte. Il est vrai que chez elle on emploie plus volontiers le « vous » d'éloignement que le « tu » de proximité. Et voilà qu'elle s'entend répondre.

— Je ne sais pas. À toi de voir.

N'aurait-il pas été plus juste de dire : « Je ne sais plus » ?

Jusqu'à ce matin, jamais Armelle ne s'est posé la question. Elle est l'épouse respectée et très sollicitée d'Anselme de Brézé. La mère d'un garçon et d'une fille, tous deux mariés et menant une brillante carrière aux États-Unis. L'heureuse propriétaire d'un hôtel particulier à Poitiers, pelouses et bosquets manucurés, personnel à domicile. La femme plus souvent seule qu'à son tour dans le grand lit conjugal. Et, depuis quelques mois, l'une des amies des jeunes artistes de Fortjoie.

— À moi de voir ? insiste-t-il avec le sourire plein de défi de celui auquel on refuse trop souvent de donner la parole.

Et il revient à ses cheveux, enroule une mèche autour de son doigt, lui rappelant ces enfants sur les chevaux de bois qui brandissent leur baguette pour la passer dans l'anneau, espérant gagner le gros lot. Elle en est toute retournée. Grâce au ciel, elle est allée samedi chez Sacha, son coiffeur, recolorer ses racines. Sacha qui la presse de couper ses trop longs cheveux, affirmant qu'elle y gagnerait dix ans. Pourquoi pas une coupe à l'iroquoise pendant qu'il y est, cheveux en crête orange et vert ? Mon dieu, s'il la voyait aux mains de ce garçon, lui dont on dit qu'il les aime.

Enfin, Enzo la libère, se tourne vers une étagère, attrape une sorte de bol éclaboussé de peinture, le fait miroiter devant ses yeux.

— Tu ne le reconnais pas ? Toi et tes copines, vous êtes passées cent fois devant quand je dessinais sur les trottoirs. Cent fois, vous vous êtes détournées ou vous avez traversé la rue pour ne pas avoir à y laisser tomber votre pièce, croiser mon regard, qui sait, vous faire insulter. Pas vrai ?

Vrai !

Mais aussi, ils sont si nombreux aujourd'hui à quêter. Auquel donner ? Une pièce qui sera utilisée comment ?

— Cette fois, tu n'as pas traversé, triomphe-t-il. Tu m'as désigné. Il paraît que tu es prête à remplir mon bol contre ton portrait. Et quoi d'autre, Armelita ?

Armelita ? Elle en reste sans voix.

17

Sibylle

Si Sibylle avait porté d'emblée son choix sur Ladislas, c'est très certainement grâce au passionnant métier qu'elle avait exercé durant les dernières années de sa vie active, dans les Ressources humaines, ces mots phares pour peu que l'on prenne le temps de s'y attarder.

Et d'abord, qui sait que « ressource » vient du mot « ressusciter » ? Qui se souvient que « se ressourcer » est revenir à ses racines profondes, s'en nourrir, s'y abreuver ?

Aussi, quand elle avait vu ce fragile garçon blond au regard indécis, cet éphèbe sans guide ni repères, coupés de ses racines par un père qui n'acceptait pas son refus d'entrer dans ses affaires, et quelles affaires, grand dieu : traitement de déchets – industriels, mais bon – pour accomplir son destin de créateur, cet artiste cherchant refuge dans des ciels nuageux empruntés à Magritte, d'où il supprimait automatiquement le bleu, elle n'avait pas hésité : elle serait celle qui l'aiderait à déployer ses ailes.

Les ailes de Sibylle s'étaient ouvertes tout naturellement après que ses deux enfants, diplômes en poche, eurent quitté la maison. Alors, seulement, elle s'était autorisée à demander le divorce, obligeant ainsi Étienne, son mari, à tenir la promesse qu'il faisait depuis des années à sa jeune maîtresse de l'épouser. Promesse qu'il n'avait jamais eu l'intention de tenir, bien entendu, préférant garder tout le monde : la légitime à la maison, l'oiselle pour la bagatelle.

Mais Sibylle allait devoir abandonner son métier – préretraite, la crise – et elle ne se voyait pas du tout employée de maison à plein-temps chez le volage, infirmière de ses petits bobos et confidente sur l'oreiller. Quand son époux ne lui infligeait pas de misérables assauts, croyant ainsi s'en faire pardonner de plus aboutis avec celle que, dans son sommeil, il appelait « trésor ».

Trésor de guerre, la confortable pension alimentaire obtenue à son divorce : trente-cinq années d'ancienneté, quand même ! Son dossier « retraite », elle minable, bouclé, il ne restait plus à Sibylle qu'à découvrir Fortjoie, s'initier à l'art moderne, devenir amie des peintres, commander son portrait à Ladislas.

*

Heureux hasard ? Ce lundi 14 janvier, lancement de l'opération-pose, elle change de dizaine : 60 ans. Qu'importe, avec l'aide de la chirurgie esthétique, elle a pris ses précautions et a reculé d'autant : de l'avis général, elle n'en fait pas cinquante. Elle s'est levée tôt pour le plaisir de lambiner. Le ménage ? Quand vous passez de 200 mètres carrés plus trois bordéliques à 40 et une ordonnée : un plaisir.

À 10 heures, elle s'est rendue chez son coiffeur, Sacha, bien sûr. Il lui a confié avoir vu passer bon nombre de ses amies durant ces derniers jours. Une fête se préparerait-elle ? Elle a confirmé. Et souri. Ce n'est pas pour rien qu'à Fortjoie on appelle le salon de Sacha « le confessionnal ». Sibylle lui a demandé une coupe « à la garçonne », il s'y est attelé. Au sortir de ses mains, nul ne se douterait qu'elle y était passée. Le secret de l'artiste dans le vent : de la belle œuvre qui ne se voit pas.

Pour déjeuner, elle s'est contentée d'une pomme – légèreté – avant de revêtir, si l'on peut dire, les dessous arachnéens commandés sur le Net, haut, bas et porte-jarretelles. Pas pour les montrer, bien sûr, à qui ? Pour se sentir belle tout simplement, se sentir femme. Elle a caché l'ensemble comme un doux péché sous un tailleur prune, jupe évasée, pull en cachemire au décolleté laissant apercevoir un soupçon de dentelle. Puis elle s'est maquillée en insistant sur le contour des yeux et des lèvres. Regard, parole, leviers des ressources humaines.

À plusieurs reprises, elle a sorti son portable, brûlant d'appeler le château pour savoir comment s'était déroulée cette première matinée. Mais non, pas de nouvelles, bonnes nouvelles. Elle s'est obligée à regarder celles du monde sur le petit écran – navrantes – avant de s'envoler pour la belle aventure.

*

14 heures. Poussant la porte de Ladislas, Sibylle se prépare au pire. Sur le planning, elle a vu que le malheureux avait écopé ce matin de Solange Dautun, redoutable dame patronnesse, cuirassée de vertu, riche à mourir, mourir d'ennui si elle ne se divertissait pas en pratiquant les bonnes œuvres, séparant le bon grain de l'ivraie (graminée à graines toxiques qui contaminent leur entourage). Solange, la seule à avoir tenu à avertir son mari de sa décision de poser pour l'un des jeunes paumés abrités par Aymar, afin de souscrire à ses dernières volontés. Sûr que le mari a dû se frotter les mains à l'idée d'être débarrassé du dragon durant quelques heures, prêt à payer le prix fort.

Et, en effet, c'est la désolation que Sibylle peut lire sur le visage du peintre tandis qu'il l'accueille dans un atelier impeccablement rangé, paravent déployé pour isoler le côté chambre où, risquant un œil, elle peut apercevoir un lit fait au carré et, sur le lavabo, un tissu jeté. Quelle délicatesse !

Aider à surmonter les déceptions, rassurer, encourager : la bible de son ancien métier. Elle lui tend la main. Il la porte à ses lèvres pour la baiser : l'éducation !

— Alors, mon Ladislas ?

Important le « mon ». N'aie pas peur, je suis là.

— Madame Dautun souhaite avoir son portrait en pied, soupire-t-il. Je crains de ne pouvoir lui donner satisfaction, je le lui ai dit.

Sibylle réprime un rire. Charité bien ordonnée, la dame patronnesse en veut pour son blé.

— Et elle a répondu ?

— Qu'on allait voir ça.

La menace ?

Le pauvre enfant désigne, contre le mur, la toile badigeonnée de gris, mer étale, à peine un friselis d'écume.

— Elle n'a pas eu l'air d'apprécier mon fond. Elle est partie en claquant la porte.

Tout tableau commence par un fond. Celui-ci définira l'atmosphère, il sous-tendra l'œuvre. Sûr que « la hautaine », comme certains l'ont surnommée, doit se voir sous des couleurs plus flatteuses.

— Tu en as parlé à Rose-Marie ?

— Je n'ai pas osé.

— Je le ferai pour toi.

Oser pour lui. On va l'entendre au débriefing de 16 heures !

— Oh, merci, merci !

Un cri du cœur qui fait fondre le sien. Allons, au travail ! Elle prend place sur le siège en face du chevalet. Dieu que ce bois est dur, surtout avec sa jupe légère, ces dessous si peu protecteurs. Mais bon, s'il faut en passer par là !

— Et vous, madame, comment vous plairait-il d'être représentée ? demande-t-il, l'interrogeant des yeux, de ce bleu qui manque à ses tableaux.

— Je m'appelle Sibylle, répond-elle. Et je me vois en éclaircie.

18

On parle de « belle pagaille », parfois de « pagaille noire ». Comment définir la joyeuse effervescence féminine dans le salon, cette ronde fébrile semée de petits cris, d'exclamations, de sourires derrière les mains ? Une « pagaille rose ? » Pourquoi pas, il n'est jamais trop tard pour innover.

Aux modèles du jour s'étaient ajoutées, sans y être conviées, quelques dames prévues pour le lendemain, venues s'enquérir de la façon dont les choses s'étaient passées, savoir, osaient dire certaines en étouffant un rire, « à quelle sauce elles seraient mangées ». Et force était de reconnaître que les époux qui s'étaient défaussés des « thés culturels » en évoquant les caquetages n'avaient pas tout à fait tort. Bien que, comme Margot le soulignait souvent, le « caquetage » se pratiquait dans toutes les cours, notamment celle du Roi-Soleil. Les lustres Louis XIV à branches de bronze doré et pendeloques de cristal, au plafond du salon, auraient pu en témoigner. Et si ce terme désobligeant était réservé aux femmes, c'est qu'elles disposaient d'un organe plus perçant que celui des hommes. Écoutez l'opéra.

La nuit commençait à s'étendre sur le parc. Prudemment, Rose-Marie avait fermé les doubles rideaux au cas où un artiste, y faisant un tour, lèverait le nez et serait tenté de se joindre à la fête.

Armelle de Brézé avait, si l'on peut dire, ouvert le bal, apparaissant à la stupéfaction générale, chignon en débandade sous son chapeau, ce chignon qu'elle-même reconnaissait mettre chaque matin une petite heure à échafauder avec l'aide de sa femme de chambre. De l'échafaudage ruiné tentaient de s'échapper des mèches brun doré-Sacha qui lui faisaient un visage moins austère, plus sensible, démentant les langues de vipère qui la surnommaient « la duchesse archi-sèche », comme dans la fameuse comptine.

L'auteur du ravage, Armelle n'avait pas cherché à le cacher : Enzo ! Ne voilà-t-il pas que celui qu'elle avait choisi pour faire son portrait s'était mis en tête de la peindre « en cheveux », comme on disait autrefois des femmes d'origine modeste ou de petite vertu. Un instant, tandis qu'il la délestait de ses épingles, elle avait songé à se retirer de la course. Mais qui en aurait été la première victime ? Lui, bien sûr. Courant le risque que d'autres bienfaitrices, effrayées, ne refusent de se confier à ses mains, voire se désistent. C'est pourquoi, chignon ou non, Armelle avait décidé de poursuivre… Et accepté l'offre de la présidente de rester au château jusqu'au débriefing afin de se remettre d'une légitime émotion.

Et là, de sincères applaudissements avaient retenti : Armelle, quel exemple !

Aude, elle, c'était la tête qu'elle semblait avoir perdue. De toute évidence, elle planait. Tentant de se raccrocher à la chaînette d'un lourd médaillon ancien, mis en valeur par l'un de ces décolletés plongeant dont elle avait le secret. C'était, avait-elle appris à l'assemblée, dans ce bijou qui lui venait de sa grand-mère maternelle et qui représentait une courtisane de l'Antiquité grecque, joliment appelée « hétaïre », que Joseph avait décidé de la représenter. Il s'était d'ailleurs servi du rose tendre de la tunique, du brun langoureux des yeux fendus, pour son fond de tableau. Les curieuses, venues se pencher sur l'hétaïre, avaient pu admirer de consistants appas offerts à tout un chacun par le regard coquin. Aude avait été également très applaudie : choisit-on ses bijoux de famille ?

Brigitte et Marie-Thérèse, autres modèles du jour, s'étaient déclarées elles aussi satisfaites. Mais celle qui avait remporté le pompon de l'émotion avait été, sans aucun doute, la pauvre – pardon – Henriette, elle avec Vincent.

Avec tout le tact qu'on lui connaissait, le peintre lui avait suggéré de renoncer au demi-deuil lorsqu'elle poserait pour lui. Non, elle n'y était pas vouée ! Il l'aiderait à modifier l'image négative qu'elle se faisait d'elle et à découvrir ses propres couleurs. Pour l'y encourager, lui, avait teinté le fond de sa toile en vert, couleur de l'espérance, pas un vert agressif, un joli vert timide comme le sourire qu'il voyait poindre sur son visage tandis qu'il lui parlait.

— Vincent souhaite également que j'arrange mes cheveux et me maquille un peu, avait-elle bafouillé. Vous me montrerez ?

En répondant « oui » de tout leur cœur, chacune s'était sentie un peu artisane d'un futur bonheur.

Dernier point, la pauvre – pardon – Henriette s'inquiétait de ce que penserait son mari de sa transformation. Si du moins il s'en apercevait car il ne la regardait pas souvent.

Là, c'est un cri de colère qui était monté. Eh bien, Luc Gaillard allait apprendre à regarder sa « gaillarde ». Les amies feraient en sorte qu'il regrette de l'avoir négligée. Dès demain, elles l'emmèneraient dans un institut de beauté pour un bilan « ravalement », puis chez Sacha qui ferait merveille avec ses cheveux. Après avoir comblé de ses largesses un époux ingrat, il était temps qu'elle se montre un peu généreuse envers elle-même.

Henriette n'avait pas dit non. Et déjà ses joues se coloraient, ses yeux prenaient de l'éclat, qu'est-ce que ce serait bientôt !

Restait Sibylle. Pas le genre de la jeune et entreprenante retraitée de se taire. À moins que ce ne soit pour mieux leur rebattre les oreilles avec sa carrière dans les « ressources humaines », et après ?

— Pour moi, ça n'a pas été ça, avait-elle avoué avec une modestie inhabituelle. Et un soupir de soulagement était passé. Une situation trop idyllique se décrédibilise d'elle-même. Sibylle serait l'ombre qui ferait ressortir mieux encore la réussite de cette première journée.

Elle avait raconté.

Pénétrant à 14 heures dans l'atelier de Ladislas, elle avait trouvé un artiste aux abois, le peu de confiance qu'il avait en lui, laminé. Par qui ? Cette garce de Solange Dautun, son modèle du matin, qui avait exigé qu'il la représente en pied. Ne reconnaissant pas Sa Splendeur dans les couleurs de son fond de tableau, elle était sortie en claquant la porte.

Sibylle s'était engagée à ce qu'elle ne la repassât point. Pouvait-elle espérer être entendue ?

— Affaire réglée depuis midi ! avait triomphé la présidente qui avait manqué une brillante carrière au théâtre.

Très précisément à 11 h 10, ce matin, soit cinquante minutes avant l'heure, celle qu'on appelait volontiers la « hautaine », Solange Dautun, s'était présentée au QG où elle avait exigé sa radiation de la liste des amies de Fortjoie et l'annulation de son chèque d'arrhes. Satisfaction lui avait été accordée sur-le-champ avec les excuses du staff dans l'espoir que toute la ville ne serait pas mise au courant dès le soir, d'une arnaque au château, la dame étant une fieffée bavarde doublée d'une langue de vipère.

Margot avait fait remarquer que le chèque détruit était signé par le mari de la Dautun, du louche assurément ! Déclenchant une tempête de rires. Se laisser abattre par une si navrante exception, pas le genre de la maison : champagne !

La pagaille rose a repris dans le salon. Quelques voix se sont élevées pour proposer d'y associer les artistes. Diane a refusé net : pas de mixité ailleurs que dans les ateliers. Rose-Marie a tempéré : « Une autre fois peut-être. » Les amies ont retrouvé le sourire : il y aurait donc d'autres fois, d'autres fêtes, encore du champagne ? À Fortjoie, rien n'était exclu.

Sept coups ont sonné à la pendule-Cupidon, calculez ! Chacune a reçu sa feuille de route pour la semaine. Plan rentré sur le tableau « Excel » de l'ordinateur. Excel comme excellence.

On a parfois l'impression qu'un mot a été inventé pour nous. Il arrive que cela se confirme.

19

— Filippa, s'il te plaît, je peux te dire deux mots ?

Vincent ! Surgi d'un coin de cour alors que, après avoir salué les dames, j'arrive à ma voiture. Et, dans ma poitrine, cette joie soudaine qui fait mal.

— Bien sûr, monte !

Il se glisse près de moi. En haut des marches du perron, Margot vient d'apparaître, houlà ! Je démarre en vitesse, quitte l'allée principale et prends le chemin du verger. Une fois hors de danger, je stoppe le moteur, éteins les feux, ne laisse que la loupiote sous le rétroviseur.

— Que se passe-t-il, mon Vincent ?

— Rien de grave, s'empresse-t-il de me rassurer, la journée s'est bien passée, c'est seulement que je me demande…

Il s'interrompt, se tourne vers la longue file de phares qui convergent vers la grille. Quelques brefs coups de Klaxon retentissent, style : « On a gagné ! » après le match.

— J'ai entendu Joseph et Enzo discuter pendant le déjeuner, reprend-il. Il m'a semblé comprendre que certains modèles attendraient de nous un peu plus que leur portrait. Je ne voudrais pas les décevoir.

C'est dit ! Et je ne vais pas me récrier, jouer les vierges effarouchées. Le « un peu plus », je l'ai vu arriver dès le vibrant « Je prends Joseph » d'Aude, lors de la première réunion organisée par Rose-Marie. Crié, salué par les autres amies de l'association. Et leur empressement à s'inscrire… Et, cet après-midi, la sorte de gourmandise qui régnait dans le salon… « Un peu plus que leur portrait ? » Pourquoi pas « beaucoup » pour certaines.

— Pardonne-moi, Filippa, ajoute Vincent, alarmé par mon silence. Mais je ne pouvais en parler qu'à toi.

Rose-Marie ? Trop de respect pour son âge. Diane ? Trop distante. Margot ? Pas assez.

— Tu as bien fait. Et je partage ton… impression. Mais ce sera à toi de décider de ce que tu voudras apporter à celles qui viendront dans ton atelier. Et, crois-moi, ce que la plupart recherchent, c'est seulement une image plaisante d'elles-mêmes, un agréable moment à passer en compagnie d'un artiste, et pour quelques-unes, qui, avec l'âge, ont l'impression de devenir transparentes aux yeux des leurs, l'impression d'être vues vraiment. Si tu avais entendu Henriette raconter comment tu allais l'aider à trouver ses couleurs ! Elle était transfigurée.

— Elle est si touchante, elle pourrait être si belle ! s'exclame-t-il.

Si Vincent y croit, elle y croira. Et c'est lui qui est transfiguré par l'idée de lui apporter du bonheur.

— Et puis, rassure-toi, même si certaines ont de l'appétit, ce ne sont pas pour autant des ogresses.

Il rit, porte ma main à ses lèvres.

— Merci, oh merci, ma Filippa ! Je peux ?

Il pointe le doigt vers le tableau de bord, enclenche un bouton : quatuor de Brahms, mêlant douceur et pathétique. « Ma » Filippa… Qui es-tu, Vincent ? Qu'as-tu vécu avant d'atterrir à Fortjoie ? Nous en savons si peu sur toi.

Il m'est arrivé de m'interroger sur sa vie amoureuse. Pas le genre à collectionner les aventures mais, au cours de ses cinq années d'études à son école d'art, il a bien dû avoir une petite amie. Plusieurs ? De nos artistes, il est celui qui s'évade le moins du château en week-end. Je ne m'en plains pas.

« Je ne pouvais en parler qu'à toi », vient-il de dire. Un regret m'étreint. Moi, c'est à papa que j'aurais pu parler de ma confusion de sentiments. Affection, tendresse, amour, la frontière est parfois si ténue. Il peut suffire d'un geste, un mot, un regard, pour passer de l'autre côté. Que réclament au juste mon cœur, mon corps ?

Dans l'allée, le défilé des voitures a cessé. Le parc se relâche dans le murmure lointain des lumières de la ville.

— Si tu savais… murmure Vincent. Il a repris ma main. Je n'invente pas ce regard intense. Comme tant d'autres fois, je le sens au bord d'une confidence qui le bouleverse. Que devrais-je savoir ?

— Parle, mon cœur !

Il hésite, son regard chavire.

— Pardonne-moi, je n'ai pas le droit.

Il lâche ma main, quitte la voiture, court vers le château, me laisse seule avec les accents déchirants d'un violon. N'écoutez pas Brahms.

« Du rêve sur le rêve, tout toi, mon Filou », dirait papa.

Tout moi. J'ai envie de pleurer.

20

J'ai toujours su que les dieux existaient, les dieux sans majuscules ni auréoles, bons et méchants, cruels et miséricordieux, à notre image, soufflant sur nos existences la tempête ou la concorde.

Et, en cette fin d'après-midi de mars, débarquant avec l'équipe de Quintessence sur l'île de Minos, juge des Enfers, mais aussi celle d'Icare, l'homme-oiseau, du Minotaure, l'homme-taureau, sans compter l'île de la vertueuse Hestia, déesse de la Pureté, preuve nous en était donnée avec l'éther, cinquième élément, fusant des rayons du soleil déclinant.

La Grèce avait été choisie pour le tournage de MUSE. Début janvier, Cyril, notre stratège, y était parti en repérage. Il nous fallait un port où ancrer le voilier qui porterait le nom de l'eau de toilette. De côte en côte, d'île en île, de temple en temple, aucun lieu ne l'avait totalement séduit. Jusqu'à ce que, découvrant les couleurs douces et violentes de la Crète, mariées aux senteurs de la vigne et de l'olivier, il en soit tombé amoureux. Ce serait la belle alanguie sur la mer Égée.

Cette belle, comme Cyril, il nous fallait la mériter par une lente approche. Partis mardi matin de Poitiers par le train pour Paris – deux petites heures – puis trajet jusqu'à Roissy où, plutôt que de prendre le vol direct pour Héraklion, nous avions fait escale à Athènes, y passant une brève nuit avant d'embarquer, au Pirée, sur le ferry qui ne mettrait pas moins de trois heures pour rallier la Crète. Rien que ça !

La longue traversée nous avait permis de nous instruire sur la mythologie grecque, avec l'aide d'un guide, ainsi que de faire plus ample connaissance avec les mannequins qui incarneraient le parfum. Par ordre d'âge : Ève, la trentaine, somptueuse blonde épanouie, Jonathan, long, mince, boucles châtains, quelque chose de fragile sous des airs de faux dur. Enfin, Liane, 18 ans, fine, élancée, souple comme son nom. Jean-Pierre, le patron, n'était pas du voyage, il nous faisait confiance. Et tout n'avait-il pas été vu, revu, répété, dans les moindres détails à Poitiers ?

L'équipe technique était arrivée la veille, conduite par le chef opérateur, pour monter les échafaudages qui serviraient au tournage, autour du voilier, réservé de longue date, un seigneur de 23 mètres, arrimé en bout de quai, face à la forteresse vénitienne qui, autrefois, défendait la ville des invasions barbares. Le spectacle était grandiose. Nous sommes allés l'admirer avant de prendre nos quartiers dans le petit hôtel, près du port, que Cyril avait réservé, dans sa totalité, pour l'agence. Salon en guise de QG, salle à manger accessible à toute heure, chef cuisinier à notre disposition. Et suffisamment de chambres pour loger la quinzaine de personnes que comptait l'équipe.

Un repas nous avait été préparé. Onctueux tarama, odorantes feuilles de vigne, pour commencer. Suivis de brochettes d'agneau grillé, puis de ces fromages de chèvre qu'Homère recommandait à ses soldats et athlètes pour reconstituer leurs forces avant le combat. Un vin un peu âpre, la « retzina », accompagnait le tout. Certains lui ont préféré du Coca-Cola, s'attirant les froncements de sourcils du patron. Les mannequins ont refusé de goûter au dessert, des beignets au miel, dont s'est régalé Cyril, léchant ses doigts en douce, comme un enfant, à l'hilarité générale. Enfant de près de 50 ans, quand même !

Demain, la journée serait longue. Quarante secondes de film à tourner : énorme ! Tout le monde sur le pont dès 8 heures pour la répétition. À dix, nous avons tous gagné notre chambre. « Gagné », le mot. Plein les pattes, les yeux, le dos : riches ! Découvrant de la fenêtre les lumières de la ville d'Héraklès, dompteur du minotaure et amateur des pommes d'or du jardin des Hespérides, une bouffée de bonheur m'a saisie.

Avec quelle impatience, j'avais attendu cette semaine d'évasion, loin de Fortjoie ! Pourtant, tout s'y passait à merveille. Le bouche-à-oreille fonctionnant, il devenait tendance de commander son portrait aux artistes et les inscriptions affluaient. Chaque jour « ouvrable », avec la bénédiction de la présidente, ces dames se retrouvaient au salon pour le plaisir d'échanger leurs impressions et autres « sensations », chacune à tour de rôle fournissant le champagne. Plus de soucis financiers, une atmosphère de fête permanente, alors ?

Alors, un besoin d'échapper au tourbillon, prendre du recul et, avec l'aide des dieux, tenter de voir plus clair dans mes sentiments. Cette nuit-là, m'endormant sous leur protection, je les ai laissés rêver pour moi.

21

10 h 30, ciel sans nuages, mer paisible, lumière légèrement voilée, arbres en fleurs sur les collines, température frisquette.

Un périmètre de sécurité a été établi au départ du quai où est arrimé le voilier, nez vers le large. Se presse contre les barrières l'inévitable petite foule pour qui un tournage est magique. L'équipe se détend après une répétition sans incident, chaque artiste possédant à fond sa partition. Il s'agit bien de musique : créer l'harmonie pour susciter l'émotion. N'a manqué qu'un peu de vent pour agiter les voiles.

Soufflera-t-il plus tard ?

Le regard du chef opérateur va du ciel à la mer, de la mer à l'intérieur des terres. Il attend avec impatience le moment où la lumière sera parfaite, le soleil puissant sans pour autant risquer d'écraser l'image, pour donner le signal du départ. Coordonnés par Cyril, sur le quai ou sur les échafaudages, tous sont à leur poste : réalisateur, directeur photo, chef électricien, scénariste, script, machino, j'en passe. Les projecteurs sont prêts à fonctionner, le ventilateur qui agitera les cheveux des mannequins entre les mains d'un assistant. La musique, enregistrée en bande-son à Poitiers, sera diffusée à l'aide de haut-parleurs.

Dans les cabines qui sentent bon l'acajou, coiffeur, maquilleuse, habilleuse procèdent à d'ultimes retouches. On sent Liane tendue. C'est son premier tournage important, un film qui pourrait lui apporter la notoriété, cela s'est vu. Jonathan, lui, est très demandé, il a le look androgyne à la mode. Ève est, si l'on peut dire, une « vieille routière ». Je leur ai fait porter des jus de fruits. Mon rôle ? M'assurer de la bonne marche des opérations tout en veillant au confort de chacun.

Il est presque 11 h 30, la température s'est adoucie, la lumière triomphe. « On y va ! », lance le chef opérateur. Une même émotion étreint toutes les poitrines : l'aventure préparée depuis des mois va commencer.

Clap de début : silence, on tourne.

Accompagnés par quelques notes de harpe apparaissent sur le pont, joints par le bout de leurs doigts, Ève, Jonathan et Liane. Une fine couronne de fleurs ceint leurs fronts, quelques rubans de satin blanc sont mêlés à leurs chevelures. Elles portent une longue et transparente robe de mousseline et des sandalettes à brides dorées. Lui, pieds nus, chemise blanche à manches bouffantes de poète, collant noir de danseur.

Parvenus à la proue du bateau, ils se rassemblent en une figure serrée, le poète au centre. Impossible de ne pas penser aux « Trois Grâces », déesses de la Beauté, dont l'une aurait été métamorphosée en dieu. Trois visages se tendent vers le large, trois regards ardents défient l'horizon, le prient ? Que demandent les hommes sinon l'amour ? Tandis que la musique enfle, gonflent les voiles, volent chevelures et rubans. Très lentement, la tête de Jonathan vient se poser sur l'épaule d'Ève : elle la femme, lui l'enfant ? Le regard de Liane, exigeant, appelle celui du poète. Il se tourne vers elle, pose ses lèvres sur les siennes ; eux la jeunesse, l'avenir ? Alors que les accents passionnés d'un orchestre emportent dans leur flot le chant de la harpe, la caméra montre au flanc du bateau, « MUSE », le nom de l'eau de toilette, écrit en lettres fleuries. Il sera cité, ainsi que celui du parfumeur, par une voix féminine, enregistrée à Poitiers, tandis qu'une pluie de rubans de satin blanc envahira l'écran.

— C'est bon ! a lancé Cyril.

Au-delà de la zone de protection, des applaudissements ont retenti.

Le prompteur montrait une scène parfaite. Éole, dieu du Vent, se riant du scénario, nous avait envoyé un coup de « meltem », bourrasque venue du nord, réputée pour faire chavirer les bateaux. Durant un bref instant, bousculant voiles et chevelures, elle avait apporté à l'image cette note imprévisible qui l'authentifie et provoque l'émotion : « Oui, c'est ça », se dit-on sans pouvoir énoncer clairement la raison de notre bien-être.

Pas question de refaire la scène : un miracle ne se répète pas.

Une version courte du film montrerait directement le trio à la proue, regards sur la mer, têtes qui se rapprochent, cheveux mêlés, fleurs, rubans, attente, espoir, amour.

Pour la sécurité, quelques séquences supplémentaires ont été tournées. Puis le photographe a pris une centaine de clichés du trio d'artistes pour l'affichage et la pub papier, avant que, fourbus, affamés, comblés, nous regagnions notre hôtel.

22

Dîner libre. Le gros de l'équipe a préféré le prendre à l'hôtel où le patron a prévu un festin d'adieu. Pas question pour Ève et Liane de sortir, au risque d'être importunées par les curieux qui patrouillent dans la ruelle, portable brandi. Elles ont commandé un plateau dans leur chambre. Jonathan a décidé de s'offrir une virée dans le quartier des boîtes de nuit. Sourd à ses protestations, Cyril lui a collé aux pattes un assistant-ange gardien. On tient à le ramener entier. Demain, départ en fin de matinée : avion direct pour Roissy. La technique, chapeautée par le directeur financier qui réglera les factures, reste un jour de plus pour remballer le matériel.

Les festins d'adieu et moi… Cyril a réservé une table dans une auberge voisine : dîner en amoureux. Après cinq années de travail commun, il s'estime autorisé à m'aimer d'amour, amour platonique mais amour quand même. Pour le charnel, il le partage avec un galeriste qui organise des expositions un peu partout sur la planète. « Acheteur d'art, comme toi », s'attendrit-il. Grand, large, protecteur, un regard doux sous une épaisse corolle de cils bruns, Gilles Duplessy a la soixantaine. « Alors, Filoute ? », m'a-t-il saluée lorsque Cyril nous a présentés. Ça me manquait !

Il est un peu plus de 21 heures lorsque nous passons la porte de chez Zorba. Le patron, en costume du pays, pantalon froncé et bottes de cuir, nous mène à notre table. C'est notre premier tête-à-tête depuis le départ, mardi. Ou, plutôt, notre premier « côte-à-côte » : sur une banquette, encore mieux !

Ici, les odeurs sont marines. Bouées, ancres, cordages ornent les murs chaulés. Sans nous demander notre avis, un garçon pose devant nous un buisson de bouquets et crevettes. Sans me consulter, Cyril commande une bouteille de « Minos », vin blanc du coin dont il m'avertit qu'il est traître : ça me va. Nous heurtons nos verres, les yeux dans les yeux comme il se doit. Coule dans mon gosier une chanson fruitée.

— Maintenant, raconte-moi, toi ! ordonne mon galant en me tendant un bouquet.

— Pas moi, Fortjoie !

Le château, il connaît. Il y est venu plusieurs fois lorsque papa était encore là. Il lui avait même proposé d'y tourner et papa, enchanté, avait accepté à condition de figurer sur l'image : à tout seigneur tout honneur. Évidemment, je l'ai mis au courant de notre grande idée pour renflouer les caisses de l'association : l'opération-pose.

— On fait un tabac ! Liste d'attente et ambiance d'enfer.

Il rit, désigne sur le mur une reproduction de la forteresse vénitienne.

— Les invasions barbares ?

— En dentelles et jupons.

Je décapite mon bouquet, retire queue et pattes, croque dans la carapace : savoureuse virgule de mer.

— L'invasion se termine-t-elle par le triomphe des envahisseuses ?

Avec Cyril, pas d'hypocrisie.

— Pour quelques-unes, ça se pourrait bien. Les envahis n'offrant guère de résistance.

— Chaud ! Et les maris, ils voient ça comment ?

— La plupart n'ont pas lieu d'être inquiets : il y a des couples harmonieux à Poitiers.

« Toutes les femmes ne sont pas des ogresses », ai-je fait remarquer à Vincent. J'entends son rire : « Oh merci, merci, ma Filippa. » Je vois son regard ardent, je sens la chaleur de ses mains, un vide creuse mon ventre. Encore un peu de vin traître de Minos, s'il vous plaît !

Nos assiettes ont été changées, un poisson à la chair marquée par le grill, riz brun, suit les crustacés, sauce à tomber. Mais voilà que des applaudissements crépitent, tous les regards se tournent vers l'homme en gilet et pantalon bouffant, visage fier, cheveux blancs, qui vient d'apparaître à la porte du restaurant. Il porte en bandoulière un bouzouki, sorte de luth à long manche et caisson bombé. Après avoir salué à la ronde, il s'installe sur une petite estrade près du bar, lève son archet, attend le silence, attaque le fameux air du film *Zorba le Grec*, dont l'auberge porte le nom.

On ne sait jamais où nous guette la nostalgie. Soudain, je n'ai plus envie de partir demain. Ou, plutôt, pas envie de rentrer. Ici, j'étais entourée.

— Ma Filippa, qu'est-ce qui ne va pas ? chuchote Cyril.

Et, à la tempête qui monte dans ma poitrine, je comprends que j'ai fait tout ce voyage pour cette question, cet instant, où je vais mettre mon cœur à nu.

— Écoute-moi, Cyril. Il s'appelle Vincent, il a 23 ans, c'est le dernier arrivé au château. Ses tableaux lui ressemblent, des couleurs pastel, des paysages un peu indécis, des personnages derrière lesquels on sent une flamme, l'âme ? Une profonde délicatesse. De lui, nous savons seulement qu'il est orphelin. Le regard qu'il porte sur les modèles est celui d'un fils, rien à craindre de ce côté-là. Il me semble qu'il existe entre nous un lien particulier. J'ai parfois l'impression qu'il brûle de me confier un secret. À la fois, il me cherche et me fuit, je ne sais plus où j'en suis.

— Tu l'aimes ? souffle Vincent.

— Je ne sais pas.

— Tu le désires ?

— Peut-être.

— Tu ne t'en sens pas le droit ?

— C'est ça.

Je revois, sur le pont du voilier, la tête de Jonathan s'inclinant sur l'épaule d'Ève. La joue d'Ève se posant sur les boucles châtains, son regard interrogeant l'horizon.

— Et lui, il t'aime ?

— Il me semble. Tendrement.

Je revois le regard exigeant de Liane appelant celui du poète. Le meltem se déchaînant, bousculant voiles et chevelures : une manie chez moi d'imaginer des signes partout.

Cyril prend ma main, la presse entre les siennes.

— Pourquoi vis-tu seule, mon cœur ? Sans personne pour te protéger, te réchauffer, t'aimer ?

Je ris.

— On peut préférer avoir un peu froid plutôt que de partager une incertaine chaleur, craindre l'incruste, n'accepter que des passants.

— Et les passants vous laissent des courants d'air au cœur…

Il s'écarte un peu, ordonne :

— Regarde-moi, Filippa.

J'obéis. Il y a des moments où ça fait du bien d'être commandée. Du bout du doigt, il fait le tour de mon visage, tempe, joue, menton, bouche, me peignant en quelque sorte.

— Tu es belle. Tu es douce et légère. Je t'aime et je serai toujours là pour toi.

Une seconde, il a posé ses lèvres sur les miennes, me disant que, dans une autre vie, nous aurions pu nous aimer cœurs et corps. J'ai fermé les yeux. Le silence me les a fait rouvrir. Était-ce nous que le musicien désignait de son archet, avant que rires et applaudissements n'éclatent ?

Pour quelques-uns, ici, nous aurions été des amoureux, des vrais. C'était déjà ça. On ne peut pas tout avoir, n'est-ce pas ?

*

Cette dernière nuit sur l'île du fils d'Hestia et de Poséidon, dieu de la Mer, j'ai longuement interrogé les étoiles du balcon de ma chambre. Elles m'ont dit que ceux que l'on appelle « les hommes », faits d'eau salée, de chair, de souffle et de lumière, ne changeraient jamais. Tirés par leurs désirs, dont le plus fort s'appelle l'amour, un amour que certains, faute de pouvoir l'exprimer, transforment en haine, ils ne cessent de chercher à s'inscrire dans l'éternité, avec les colonnes de leurs temples, les tours de leurs châteaux, les clochers de leurs églises, les phrases de leurs livres, les couleurs de leurs tableaux, les mots de leurs chansons.

Dieu en chaque homme et chaque homme dieu.

23

— Salut, petite sœur ! m'accueille Diane, à peine ai-je posé le pied dans le hall de Fortjoie. Ton tournage s'est bien passé ? Tu nous raconteras. Rose-Marie nous attend là-haut. On monte ?

Pressée, ma grande sœur ! Déjà hier, son mail autoritaire reçu dans le taxi, partagé avec Cyril, qui nous ramenait de Roissy à Paris : « 10 heures au château, ça te va ? » On n'annonce pas les mauvaises nouvelles par téléphone : du souci du côté des dames ?

Samedi, QG fermé, ateliers silencieux, passent d'appétissants effluves de café et de pain grillé. Au premier, la porte du « salon de compagnie » est ouverte. Rose-Marie, toute pimpante en robe parme et collier de perles, achève de disposer des roses pourpres dans un vase. Ah, les fleurs blanches de Minos ! Elle vient vers moi, attrape mes poignets, me tient quelques secondes à bout de bras avant de m'embrasser.

— On dirait que tu as pris des couleurs, toi !

— Il se dit que c'est le printemps aujourd'hui !

— Justement, on est là pour en parler, intervient abruptement Diane.

— Du printemps ?

— De l'heure d'été. Tu te poses ?

Je me pose sur une chaise près de la bergère Louis XV où se déploie notre présidente. Ces ronds petits clous mordorés qui entourent la tapisserie, j'ai toujours rêvé d'en chaparder un, jamais osé. Tout moi, papa ?

— Pour ne rien te cacher, on profite de l'absence de Margot. Tu la connais…

Margot, la dissipée, nous, les trois sages ? Hum !

— Alors que la liste d'attente s'allonge chaque jour, voilà que certains modèles, particulièrement exigeants, nous demandent de prolonger leur contrat. Faire des heures supplémentaires sous prétexte que leur portrait pourrait être amélioré.

— Des dames de la première heure, fidèles entre les fidèles, ce qui rend un refus délicat. D'autant qu'elles sont prêtes à payer une rallonge, soupire la trésorière de l'association. En quelque sorte, vois-tu, nous sommes victimes de notre succès.

Je vois très bien et peine à retenir un rire.

— Ce n'est pas tout, enchaîne Diane. Les mêmes voudraient s'assurer l'exclusivité de leur portraitiste, qu'ils ne se consacrent qu'à elles.

— Oubliant la règle : « Tous pour toutes, toutes pour tous », édictée si tu t'en souviens pour la p… pour Henriette qui redoutait de ne pas trouver preneur. Bien sûr, nous la leur avons rappelée ; libre à elles, si elles le souhaitent, de commander un nouveau portrait à l'un des autres artistes. Comparer les manières pourrait offrir un certain intérêt, remarque Rose-Marie.

— Et c'est là que Margot a eu l'idée d'anticiper sur l'heure d'été. En commençant un peu plus tôt et terminant un peu plus tard, nous pourrions rajouter une séance de pose quotidienne.

— Et satisfaire tout le monde…

Le beau numéro de duettistes a-t-il été répété ? Cyril se régalerait. Je l'entends : « Les invasions barbares ? » M'aurait-il donné du courage ? J'y vais !

— Trois séances de pose par jour, vous ne craignez pas que les guerriers soient fatigués ?

— De quels guerriers veux-tu parler ? demande Diane. Nos garçons sont jeunes et ils ont tout le week-end pour se reposer.

— Tu sais très bien de qui je parle, Diane. Des dames « particulièrement exigeantes » et de ce qu'elles attendent de leurs portraitistes.

— Ah bon ? Et tu le sais comment, toi ? Tu as regardé par le trou de la serrure ?

— Ce qui aurait été inutile, le règlement stipulant que les ateliers ne soient pas fermés à clé durant les séances, me rappelle Rose-Marie. Par ailleurs, qui aurait le mauvais goût de troubler le travail des artistes ?

À nouveau, je retiens un rire.

— Dites donc, on ne serait pas en plein bal des hypocrites, là ?

— Tout à fait, reconnaît Diane. Nous ne faisons qu'apporter notre modeste contribution à l'atmosphère générale de notre cher pays. Et tu proposes quoi ? Tout arrêter à cause de quelques-unes qui en veulent trop ? Et avec quel argent comptes-tu rembourser les autres ? Le percepteur, lui, n'a pas eu d'états d'âme pour encaisser le chèque, crois-moi.

— Somme provenant des dons versés à l'association après le pourcentage accordé aux peintres, pas un centime au black, précise la présidente.

Elle me sourit : « Mais on papote, on papote, et je ne t'ai même pas proposé à boire, ma Filou. Tu te sers ? Pour Diane et moi, c'est fait. »

Elle désigne le joli carafon posé sur un guéridon. Je me lève et remplis un verre de jus de fruit. J'ai la gorge sèche. Le mensonge altère ? On parle de vérité « coulant de source ». La vérité désaltère ? Voilà que je viens d'inventer un dicton ! Tandis que je vide mon verre d'un trait, Rose-Marie et Diane me couvent du regard : la bêtasse de service ? Allons, un dernier effort avant de déclarer forfait.

— Et que l'on parle partout en ville de votre belle idée, ça ne vous soucie pas non plus, Rose-Marie ?

— Mais au contraire ! s'écrie la « visiteuse du soir », experte en la matière. C'est si on n'en parlait pas que cela pourrait paraître suspect. Pour ma part, je n'ai jamais caché à mon cher Gustave l'intérêt profond que je portais à Fortjoie, lui épargnant toute inquiétude. Alors que le malheureux s'est gâché la vie en tentant de mentir sur ses pauvres aventurettes, m'obligeant à faire semblant d'y croire.

Nous rions de bon cœur. Puis Diane retrouve son sérieux.

— Pardonnez-moi, Rose-Marie, je ne voudrais pas vous choquer, mais il reste un point délicat à aborder.

Pour qu'elle tergiverse, il faut que ce soit du lourd.

C'est du lourd !

— Les quelques dames – très minoritaires – que nous venons d'évoquer se protègent-elles ?

Dans le silence estomaqué, une voix joyeuse retentit : celle de Margot que, tout à notre sujet, nous n'avons pas entendue entrer.

— Grossesse non désirée ? Sida ? Vous diriez quoi d'un distributeur de préservatifs à l'entrée du château ?

Margot si fraîche, spontanée, le contraire de l'hypocrisie, j'admire.

— En tout cas, poursuit-elle, en ce qui concerne la séance supplémentaire, je viens d'interroger les garçons, tous sont partants.

24

Lorsque nous étions petites, plutôt que la comtesse de Ségur, prisée par maman, que papa trouvait démodée, il aimait à nous lire, pour nous endormir, de savoureux et insolents passages de *Pantagruel* qui nous faisaient rire aux éclats. Son auteur, François Rabelais, un « pays » né à Chinon, n'était-il pas l'auteur du fameux : « Le rire est le propre de l'homme » ?

À Fortjoie, il était celui de la femme.

Dès 8 h 15 – séance supplémentaire adoptée –, dans le petit salon où étaient offerts café, viennoiseries et jus de fruits, on l'entendait retentir, légèrement étouffé, tandis que les premiers modèles se narraient leurs ruses pour s'échapper de la maison, quasiment au saut du lit, sous l'œil déconcerté d'un mari qui ne les avait pas connues si vaillantes, certaines même oubliant de prendre leur petit déjeuner. Une heure trois quarts plus tard, durant les quinze minutes qui permettaient aux artistes de souffler, ce rire s'exprimait, plus franchement, lors des confidences entre nouvelles venues et sortantes. Au moment de la pause-déjeuner, la fête se poursuivait, le plus souvent dans le parc pour profiter du soleil de mai, ambiance « cour de récréation ». Il fallait bien décompresser. Enfin, à 18 h 30, la journée se terminait en apothéose au salon autour d'une coupe de champagne.

Alors que, dans le pays, un triste et dévastateur ricanement régnait, à Fortjoie, tout simplement, on riait.

Gérer le joyeux flot, veiller à ce que les horaires soient respectés, éviter les débordements, écouter les requêtes, parfois les doléances, n'était pas une mince affaire et, pour y parvenir, il fallait tout le calme et la rigueur de Diane. À sa demande, j'avais réintégré ma chambre au second afin d'assurer l'ouverture. Très vite, Rose-Marie me rejoignait et restait, sauf obligation mondaine avec son Gustave, jusqu'à la clôture. Margot venait tant qu'elle pouvait, Diane ne prenait plus de déjeuner en ville.

À propos de déjeuner, un problème s'était posé. Les peintres ne disposant plus que d'une heure pour se restaurer, nous voyions de plus en plus souvent débarquer au château d'élégantes camionnettes de traiteurs livrant ce que les adhérentes appelaient des « plateaux pique-nique », plateaux pour deux, pique-niques dignes de Lucullus, général romain réputé pour son raffinement gastronomique – boisson incluse. Celles qui avaient passé commande, tenant à s'assurer que rien ne manquait, en profitaient pour rallonger d'autant leurs heures de pose.

Devions-nous laisser faire ? Comment refuser, d'autant que certaines généreuses faisaient atelier ouvert, conviant aux agapes toutes les personnes intéressées. Ainsi arrivait-il fréquemment que Vincent, plus amateur de calme que de plateaux, prenne seul son repas à la cuisine, à moins qu'il ne soit invité par Rose-Marie à partager le sien.

Autre nouveauté : la musique. De Bach à Wagner, en passant par les Beatles, Christophe Mahé ou Vanessa, si joliment appelée « Paradis », elle accompagnait de plus en plus souvent le travail des artistes, dressant comme une tendre barrière entre le monde extérieur et les ateliers. De quel droit l'aurions-nous interdite ? Ne dit-on pas que la musique adoucit les mœurs ?

Pour en revenir à François Rabelais, homme de foi, de sciences et de lettres, qui sait que, dans son *Pantagruel*, il fait l'éloge de Platon le philosophe grec qui chante « le vin, l'amour, l'humour » ?

Le vin de champagne coulait à flots, l'humour permettait d'accepter une situation qui parfois nous dépassait, quant à l'amour, non sans humour, Diane avait baptisé les « particulièrement exigeantes » les « Gigolettes », Rose-Marie préférant les « Câlines », la « câlinothérapie » se pratiquant dans le pays pour rapprocher les uns des autres. À toutes était rappelée la règle de base : pas d'exclusivité, tandis qu'un plafond indépassable d'heures de pose avait été fixé, accepté peu ou prou par la majorité. Quant aux fameuses protections évoquées par Diane, même si l'ambiance « cour de récré » pouvait en faire douter, tous les participants étaient grands : à eux de prendre leurs responsabilités.

Platon a également vanté : « Le Bien, le Beau, le Vrai. » Bref, tout ce qui nous permet de nous élever.

Ces dames planaient ! Comme une « aura », pour reprendre le mot de Margot, accompagnait leurs pas. Certaines n'affirmaient-elles pas qu'à nouveau, dans la rue, les hommes se retournaient sur elles ? Finie la transparence, bienvenue à l'enchantement.

Mais le plus remarquable était le résultat de l'entreprise.

Quoi qu'en pense notre petite sœur, les artistes évoluaient bel et bien dans leur façon de peindre. Oui, bel et bien ! N'aurait-on pas dit que, en quelque sorte, peintres et modèles se nourrissaient les uns des autres ?

Au fur et à mesure que passaient les semaines, s'additionnaient les heures de pose, on trouvait sur la toile des peintres, qui n'hésitaient plus à former le contour d'un visage, laisser deviner de tendres formes sous le vêtement, une autre densité. Plus de feu, de chair, de vie.

Quant aux modèles, vêtues de robes chatoyantes, pomponnées, rayonnantes, n'incarnaient-elles pas mieux la libération de la femme que les mannequins affamés, tenues aussi peu aimables que leurs visages, lors des défilés de mode des grands couturiers.

Les amies de Fortjoie étaient entrées en résistance.

25

Le premier à avoir terminé un portrait a été Vincent. Une vingtaine d'heures lui ont suffi. Sur un fond légèrement bleuté, Agnès Berthelot, dame considérée de la ville, flotte légèrement au-dessus du sol, comme en apesanteur. Toute mièvrerie écartée par un sourire malicieux : une femme sereine, une épouse et une mère comblées.

Elle en a réservé la surprise à son mari pour leur anniversaire de mariage. Enthousiasmé, celui-ci a formé le vœu d'être peint par la même main en compagnie de son épouse. N'ayant jusque-là enregistré que des candidatures féminines, Diane a réservé sa réponse. Gare au coq dans le poulailler ?

Début mai, Joseph avait achevé deux portraits. En fond, sans surprise, mer turquoise, sable fin et palmiers. Rien à voir avec ses anciens paysages-carte postale. Ses plages sont désormais habitées, les rayons d'un soleil moins brûlant caressent voluptueusement les formes de ses modèles sous les paréos fleuris qu'il les engage à porter. On s'y croit, on s'y voudrait. À telle enseigne qu'une des dames représentées a affirmé à ceux qui admiraient son portrait, suspendu dans sa salle à manger, qu'elle était allée poser à La Barbade, innocent mensonge tout à l'honneur de l'exécutant.

Enzo nous surprend. Il semble avoir abandonné le gris béton et le « Cri » désespéré de Munch pour un chagrin « bien tempéré » comme on dit de certaines musiques. Contrairement à ce que nous redoutions, aucune plainte ne nous est venue des « amies » confiées à ses pinceaux. Il privilégie les visages empreints de douloureuse interrogation : « Qui suis-je ? », « Où vais-je ? », leur donnant une profondeur de sentiments qu'elles ne se connaissaient pas et qu'elles apprécient.

Enfin, Ladislas, le plus lent à sortir de lui-même et de ses monotones défilés de nuages, montre depuis quelque temps de timides progrès. Non pas dus à Sibylle, ce qui nous a étonnées, mais à Odette Lepeu, douce et ronde « bonne-maman » qu'il semble apprécier.

Et ces toiles, encadrées à leur guise par leurs bénéficiaires, mises en valeur sur les murs de leurs demeures, sont notre meilleure pub. Elle est loin l'époque où certaines bonnes âmes masculines de la ville parlaient de « gribouillages » et souhaitaient le départ des « parasites ». Nous avons eu droit aux excuses de quelques-uns : tout le monde peut se tromper.

Et, pendant ce temps, les caisses de l'association se remplissent ainsi que l'escarcelle des artistes. Le rêve de Joseph, s'envoler vers les Antilles afin de gâter les siens durant quelques semaines de vacances pourrait bien se concrétiser. Pourvu qu'il nous revienne ! Reconnaissants, c'est nous que Vincent et Ladislas gâtent : chocolats, fleurs. Enzo – plus éprouvé par la vie ? – reste discret quant à l'usage qu'il fait de ses deniers.

Il n'est d'entreprise sans risque. Une brève alarme a sonné lorsque Éléonore Malandrin – méfiez-vous des noms – a dénoncé son contrat à mi-chemin, claquant la porte de l'atelier de Joseph en déclarant qu'elle refusait d'être plus longtemps complice de ce qui s'y passait lorsqu'elle ne s'y trouvait pas. Avait-elle eu vent des dames « particulièrement exigeantes » ? Surpris une confidence lors de la fête-champagne du soir ? Les esprits étroits ont tendance à voir le mal partout.

Ce qui soucie Diane est que la dame n'a réclamé aucun remboursement, se contentant d'emporter sous son bras la toile inachevée : pièce à conviction ? Enquête faite, Joseph a avoué avoir insisté pour que ladite dame dégrafe quelques boutons de son chemisier : une manie chez lui.

Margot nous a rassurées : quelle preuve pourrait-elle fournir ? Rien à voir avec la reine Catherine, épouse d'Henri II, qui espionnait par une fente du plancher les ébats de son mari avec la belle Diane dans l'espoir d'apprendre la technique amoureuse. Pauvre reine qui se lamentait : « Je n'y arriverai jamais ! » Bien sûr, a ajouté notre sœur, si, comme elle nous l'avait suggéré, nous avions installé un distributeur de préservatifs dans le hall, la Malandrine aurait eu du grain à moudre. Devant ce trait d'esprit, nous nous sommes offert une bonne pinte de rire. À la santé de Pantagruel !

Le principe de discrétion a été rappelé à toutes et à certaines en particulier. Les artistes ont été priés d'y mettre du leur. Ainsi, lorsque se présente un nouveau modèle, celui-ci peut constater que l'atelier est parfaitement rangé, paravent déployé, sofa bordé au carré. Tout juste, flottant çà et là, les effluves d'un parfum de bonne qualité comme un dernier baiser.

Depuis toujours, le lieu privilégié des femmes pour échanger recettes, confidences et bonnes adresses, n'a-t-il pas été leur coiffeur ?

« Chez Sacha », le petit salon-manucure, justement appelé le « confessionnal », est devenu propriété privée des amies de Fortjoie. Ah, si les ongles pouvaient parler ! Loin est le temps où ils se paraient d'un rose ou d'un rouge sottement uniformes. Bleu-nuit, noir d'encre, à paillettes ou à étoiles, parfois allongés artificiellement, ils en racontent bien plus que de longs discours sur l'humeur de leur propriétaire. Prenez ceux d'Henriette, il y a peu rongés, petites peaux arrachées mettant la chair à vif. Désormais, ils s'épanouissent sans entrave, elle-même n'en revient pas. Et où sont les griffes arborées par certaines, pour se défendre de qui, de quoi ? Elles leur préfèrent désormais, tigresses apprivoisées, un tendre arrondi.

Sacha exulte, se vantant d'être l'artisan du bonheur de ces dames. N'est-ce pas lui, la chevelure soyeuse comme un lever de soleil d'Aude-Aube ?

La troublante coupe « à la garçonne » de Sibylle ? Les cheveux teintés de doré d'Henriette ? Le chignon transformé en boucles folles de celle qu'il appelait autrefois sa « désolation » : Armelle ?

26

Armelle

Sans doute était-ce lorsque Enzo l'avait appelée « Armelita » que son destin s'était scellé. Armelita aux longues boucles blondes dansant sur ses épaules comme dansait son cœur lorsqu'elle retrouvait Antonio lors de leurs rendez-vous clandestins.

Il avait 16 ans comme elle. Il était le fils du métayer qu'employait son père dans sa vaste propriété aux abords de Poitiers où ils fréquentaient le même lycée. Un beau garçon aux yeux sombres, rieur et ardent, qu'il lui semblait avoir toujours aimé, à cet âge où les « toujours » sont aux couleurs d'une descente aux flambeaux sur des neiges éternelles.

Ils se retrouvaient en cachette dans le grenier de la fermette, au bout du domaine, et, entre deux bottes de foin comme dans la chanson d'Yves Montand, ils se livraient à des baisers et caresses passionnés, s'interdisant d'aller plus loin, se promettant de s'enfuir, au lendemain de leurs 18 ans, partir pour l'Espagne où vivait la marraine de Tonio. Sûr qu'elle les hébergerait ! Sûr qu'ils se marieraient et auraient beaucoup d'enfants.

Un jour, le métayer les avait surpris. Antonio avait été envoyé en Espagne, Armelle, étroitement surveillée, et plus aucune nouvelle de lui n'était venue. Quatre années plus tard, à 20 ans, elle épousait en grande pompe Anselme de Brézé auquel, très vite, elle avait donné deux enfants. Durant une trentaine d'années, elle avait tenu son rang, subi, indifférente, les assauts de son mari comme ses infidélités, fréquentant les grands couturiers, recevant bijoux et honneurs, ni heureuse ni malheureuse : endormie. Jusqu'à ce lundi 14 janvier où, l'appelant « Armelita » tout en enroulant une mèche de ses cheveux autour de son doigt, Enzo l'avait réveillée.

Alors, sans hésiter, elle a cédé aux prières de ses amies et s'est rendue chez Sacha pour lui livrer son chignon, fermant les yeux afin de ne pas voir tomber sur le sol une si longue pénitence, aussitôt balayée, comme dans une autre chanson d'Yves Montand, parlant des pas des amants sur la plage.

Lorsque, l'opération terminée, elle a osé se regarder, tout d'abord elle ne s'est pas reconnue. Elle, cette femme aux boucles folles moussant autour d'un visage adouci, éclairé ?

— Est-ce bien moi ? a-t-elle murmuré.

— C'est bien vous, a affirmé Sacha, fier de son ouvrage.

— C'est toi, ont confirmé ses amies.

Et Armelle a compris que son deuil était fait d'un amour assassiné.

*

Trois jours après le miracle, poussant pour une seconde séance de pose la porte de l'atelier d'Enzo, et bien qu'encouragée par le sourire de Rose-Marie de Courlet, elle n'en menait pas large. Son peintre allait-il l'humilier, rire de sa défaite, triompher ? Pas de quartier pour les vaincus comme dans le monde de la finance, celui de son mari, peuplé de requins, ce qui avait donné à Armelle le goût de se pencher sur les victimes, tous les Antonio rejetés.

Ce sont parfois les plus vilipendés qui se montrent les plus délicats. Loin de se moquer, Enzo était resté quelques secondes saisi, son regard de velours sombre sur le buisson de boucles dorées où il était venu sans hâte promener ses doigts avant de prononcer les mots qu'elle attendait : « C'est bien, Armelita. » Puis, comme pour lui interdire de répondre, ce dont elle aurait été incapable, ses doigts étaient descendus sur ses lèvres pour en caresser l'ourlet, sans les ouvrir – une promesse ? – avant de passer derrière son chevalet. Il était temps, elle défaillait.

Depuis, c'est une sorte de course d'obstacles qu'il lui inflige. Après ses cheveux, son chemisier dont il a exigé qu'elle ouvre le col. La fois suivante, sa jupe, trop longue à son gré. Puis le collant qu'il lui a demandé de remplacer par des bas fins, tenus par un porte-jarretelles qui a rappelé à Armelle une époque où cette petite pièce de lingerie, généralement en dentelle, était portée par toutes et pas seulement par de drôles de créatures opérant dans les bois aux abords des villes.

Et il ne fallait pas croire que, d'une séance à l'autre, Enzo oubliait ses ordres. Sitôt refermée la porte de l'atelier, il s'assurait qu'elle lui avait obéi, ouvrant un bouton supplémentaire en haut, passant la main sur un bas de soie, en bas, ne manquant jamais de la remercier par un « C'est bien, Armelita » qui soulevait en elle des ondes de chaleur surgies du passé, la laissant pantelante, sonnée, jusqu'à la fois suivante.

Un jour, timidement, elle avait demandé à voir son portrait, se voir. Le « Plus tard » d'Enzo l'avait finalement soulagée. Oh oui, plus tard, le plus tard possible, autant d'heures de pose que l'artiste exigerait pour le réussir pleinement.

Dans la « course d'obstacles », une fois vêtue au goût du peintre, il y avait eu le « passage du paravent ». Il l'y avait préparée en omettant de le déplier, la laissant voir à loisir un lit aux draps ouverts telle une invitation. Au début du mois de mars – huit séances de pose, soit seize heures –, Armelle s'y retrouvait assise à ses côtés. C'est là que, pour la première fois, il l'avait embrassée.

On parle de « baisers volés ». On dit « prendre une bouche », « s'emparer de lèvres ». Le cambriolage avait été si soudain qu'elle n'avait pu opposer de résistance, le cambrioleur fouillant chaque recoin de sa bouche tandis que, de ses mains, il assurait ses arrières en neutralisant d'autres territoires, la ligotant en quelque sorte. Après un tel traitement, reprendre place sur le tabouret avait relevé de l'héroïsme.

La fois suivante, il réclamait sa part de caresses. Jusque-là, Armelle n'avait osé s'attaquer qu'à ses cheveux, ses joues, l'ourlet d'une oreille, les boutons dressés de son torse. Ailleurs ? Jamais ! Afin de la guider dans la bonne direction, il s'était emparé de sa main, descendant, descendant, ne la quittant pas du regard, respirant un peu plus fort, lui ordonnant de baisser une fermeture Éclair, ce à quoi elle s'était employée non sans difficulté, obligée de s'y reprendre à plusieurs fois, y mettant les dix doigts, mon dieu, si Armelle s'était imaginé un tel pouvoir ! Mieux valait ne pas évoquer le pauvre Anselme, on peut être banquier international et chichement pourvu de certains côtés.

Et là, c'est le peintre qui avait été héroïque en retournant, sans coup férir, à ses pinceaux.

*

Ce lundi-là, il lui a imposé un dernier obstacle : lui apporter, pour la séance suivante, un paquet de préservatifs. Lui promettant, en récompense, de lui dévoiler enfin son portrait.

Dur ! Non que l'objet lui soit étranger. Au cours de sa longue vie associative, Armelle a participé à de nombreux Sidaction et milité pour que soit donné à tous, toutes, le moyen de se protéger. Mais Enzo la voit-il vraiment entrer dans SA pharmacie et demander à SON pharmacien – celui qui gère ses ordonnances et celles de son mari – le paquet en question ? Pourquoi pas en produisant sa carte Vitale pendant qu'elle y sera ?

Ignorant que l'on peut se servir soi-même dans les grandes surfaces qu'elle fréquente peu, Armelle a envisagé de se rendre dans une autre officine, la plus éloignée possible de son quartier afin de se donner une chance de ne pas croiser une connaissance – le monde est si petit. Elle s'est exercée devant son miroir, avec foulard et lunettes noires.

« Bonjour monsieur, bonjour madame, puis-je avoir un tube de pâte dentifrice, une boîte d'aspirine et un paquet de préservatifs, s'il vous plaît ? » Non, ça ne passait pas ! Et si elle mettait en avant un petit-fils timide qui l'attendait à la sortie ? Les petits-fils timides n'existent plus que dans les rêves. Aujourd'hui, ils comparent les couleurs de leurs protections. Alors, Armelle s'est résignée à se servir dans la penderie de son mari, la poche intérieure du blazer, porté sans rosette, lorsqu'il se rend au « Cygne noir », auberge discrète, aux abords de Poitiers, où de jeunes et jolies hôtesses permettent aux clients qui le souhaitent, après un repas fin, pris ou non en leur compagnie, de se livrer à une sieste gourmande. Elle lui a subtilisé son paquet en formant le vœu que la taille des objets soit universelle. Constatant la disparition, s'il l'interrogeait, ne se trahirait-il pas lui-même ? Tandis qu'elle le glissait dans son sac, elle a éprouvé un doux sentiment de revanche.

L'assaut final sera pour aujourd'hui, elle en est avertie par la musique guerrière qui l'accueille comme elle pousse, le cœur battant, la porte de l'atelier. Rompue à l'exercice, elle va d'elle-même prendre place sur le sofa, laissant Enzo déployer le paravent devant la porte, même si, au cours de ses soixante-dix heures de pose, nul ne s'est jamais permis ne serait-ce qu'y passer le nez.

N'empêche ! Tandis qu'il la dévêt, qu'elle lui rend la pareille, le sentiment de se mettre en danger accroît le plaisir. Il y a des « Tant pis » glorieux, des défaites si ardemment désirées que l'on y cède comme à une victoire. Il ne manquait plus que le guerrier lui ordonne de gainer elle-même l'arme dont il la menace. Après, elle ne sait plus, peu à peu noyée sous les assauts, submergée, engloutie, elle comprend enfin la jolie expression : « Être pénétrée de bonheur. »

Sur la toile qui la représente, passe, dans un ciel gris, la chevelure bleue d'une comète. Une comète, nous apprend le dictionnaire, est une roche dure qui, lorsqu'elle se rapproche du soleil, se sublime. Et même s'il en existe plusieurs milliards dans l'univers, fondant entre les bras d'Enzo, Armelle se sentira unique.

27

Aude-Aube

Aude avait une vingtaine d'années lorsque sa grand-mère, Marie-Angélique, avait sorti pour elle, du tiroir secret de son bureau Empire, le médaillon représentant une hétaïre qui, un jour – comment aurait-elle pu le deviner ? –, enchanterait le cours de sa vie.

« Les objets ont une âme qui s'attache à notre âme », a dit Lamartine. Ô combien !

Tandis que son aïeule à laquelle la famille reprochait à voix feutrée d'avoir retiré le « Marie » de son prénom pour ne plus porter que celui d'une héroïne de roman à laquelle elle s'identifiait trop volontiers, lui racontait la voluptueuse existence d'une courtisane dans l'Antiquité grecque, il avait semblé à Aude lire dans sa voix une sorte d'encouragement : « Ose ! », avant que celle-ci n'attache le bijou autour de son cou, l'avertissant qu'il lui faudrait le mériter.

Elle avait osé quelques pâles amourettes jusqu'à sa rencontre – coup de foudre – avec Guy Ardoin.

Il était si beau, il parlait si bien. Rien d'étonnant puisqu'il rêvait d'embrasser la carrière de député. Cette fois, en cadeau de mariage, la grand-mère d'Aude lui avait offert le secrétaire Empire au tiroir secret, contre la promesse de ne dévoiler à personne l'existence de la cachette, notamment à son mari. Tiens ! Pourquoi ?

Aude travaillait dans la mode, rêvant de créer un jour ses propres modèles. Deux fils, venus coup sur coup et un mari souhaitant l'avoir à ses côtés pour l'aider à se faire une place dans le paysage politique (vert), l'avaient amenée à renoncer à ce qu'il appelait gentiment son « hobby ». Pour lui, elle s'était dépensée sans compter, porte à porte, tracts, marchés, réseaux sociaux, et, bien sûr, ses visites à sa grand-mère, dans une maison de retraite éloignée, s'en étaient ressenties. Et puis il y avait cette gêne, cette sorte de remords en pensant au médaillon, délaissé dans son tiroir, comme si elle avait failli à une promesse : « Ose. » Depuis son mariage, Aude n'avait osé que pour aider son Guy à réaliser son rêve. Et ses rêves à elle ? La mode, les voyages, la réussite, l'amour ?

L'amour… Sa grand-mère était partie, son Guy avait été élu député écolo, lorsque Aude avait découvert qu'il mettait activement en pratique le joli terme « embrasser une carrière » en se dévouant corps et âme, à Paris ou lors de ses voyages dans le département de La Réunion, à de jeunes et jolies pousses (vertes), éblouies par le soleil du pouvoir.

Récriminer ? Menacer ? Aude avait compris que cela ne servirait à rien. Divorcer ? Trop coûteux et, son mari s'y refusant, compliqué. Ses deux fils mariés vivaient leur vie, elle avait décidé de s'occuper de la sienne.

Retrouver du travail dans la mode à cinquante balais ? Douce utopie. Et pour habiller qui ? Ces jeunes filles posant jambes écartées comme des garçons, vêtues de short ou de presque rien, les cheveux pendouillants, juchées sur d'interminables talons, l'air furibond, ne l'inspiraient guère. Le bénévolat ? Elle n'avait fait que ça durant les trente dernières années. Les sorties « seniors », organisées par la mairie ? 90 % de femmes, non merci. Bref, Aude commençait à désespérer lorsqu'elle avait entendu parler des « Rencontres de Fortjoie ».

C'est bien souvent alors que vous allez quelque part à reculons que vous y attend la bonne surprise, comme si la chance se faisait prier. Découvrant le château, devenant très vite amie de l'association, ne manquant pas une réunion, Aude avait découvert ce à quoi, jusque-là, elle n'avait jamais goûté vraiment : le plaisir.

Plaisir de se retrouver entre amies, partager rires et futilité, faire connaissance avec de jeunes artistes, s'intéresser à leur œuvre, miser sur eux. Et aussi, et surtout, après tant d'années de politiquement correct : fais ça, fais pas ça, fais comme ça, pas comme si, dis ça, pas ci, s'accorder le doux plaisir de la transgression. Dire bien haut ce que l'on pense, afficher ses préférences, céder à la gourmandise en ignorant les étiquettes, boire sans modération, s'accorder un odorant petit cigare devant tout le monde, bref, oser être elle-même.

Ajoutez un « p », vous avez « pose ». Lorsque Rose-Marie avait lancé son opération, Aude avait choisi tout naturellement pour faire son portrait, celui qui l'avait appelée « Aube », comme lui promettant de faire se lever le soleil sur sa vie : Joseph. Tout naturellement, pour la première séance de pose, elle avait sorti du tiroir secret le médaillon de sa grand-mère. Tout naturellement, c'est dans les couleurs de celui-ci que le peintre avait décidé de la représenter. Et il lui avait semblé, comme après une trop longue absence, sentir à nouveau sur elle le sourire d'Angélique.

Pénétrant dans l'atelier pour la seconde pose, Aude n'avait pas été étonnée d'en trouver la configuration changée : dur tabouret de bois relégué dans un coin, chevalet face au sofa, nid de coussins prêt à accueillir le modèle, paravent ne dissimulant plus que l'inesthétique lavabo.

Qu'espérait-elle ? Elle avait été un peu déçue que Joseph se contente, un genou en terre quand même !, de recentrer le médaillon, avant de se remettre au travail. Elle avait compris qu'aux Antilles on savait prendre son temps, laisser venir, poindre... Accélère-t-on le lever du soleil ?

Et la séance n'en avait pas été moins passionnante. Tout en maniant brosse et pinceaux, Joseph lui avait dévoilé la règle d'or du portrait. Chaque visage, chaque corps, a un « point-clé ». Pour celle-ci, ce sera la tendre courbe d'une épaule, celle-là, des lèvres constamment entr'ouvertes – signe de gourmandise ? –, cette autre, au contraire, des genoux farouchement serrés – sur sa vertu ? En trouvant ce « point-clé », s'y attardant, l'artiste déverrouille l'ensemble, accède à l'intimité de celle qu'il représente et même parfois lui révèle sa propre nature.

Le « point-clé » d'Aude, elle le connaissait aussi bien que lui : sa « gorge », comme on disait joliment autrefois. Et, en effet, tandis qu'il lui parlait, elle l'avait sentie s'enflammer, la brûlure descendre, se propager dans le reste de son corps, à tel point que, rentrée chez elle, elle n'avait trouvé de salut qu'en se précipitant sous une douche froide, douche plutôt que bain, économisons l'eau.

Le matin de pose suivant – trois longues journées à se consumer – « Ose », Aude avait sans façon pris les devants en posant ses lèvres sur celles de Joseph. Et tandis que, sans hâte, il les ouvrait, qu'il explorait de sa langue les contours de sa bouche, allant, se retirant pour mieux revenir, elle avait découvert, émerveillée, que l'on peut se donner tout entière dans un baiser. Rien à voir avec les brusques et rapides assauts de son Guy qui lui laissaient un sentiment d'inachevé, une sorte de faim.

L'attente accroît le plaisir ? Malgré un désir qu'il ne cherchait nullement à cacher, Joseph s'en était tenu là.

Ce qui se passait dans les autres ateliers, Aude ne se privait pas de l'imaginer et, pour rien au monde, elle n'aurait manqué la fête de clôture dans le grand salon.

Un mot y était à l'honneur, le plus beau des mots pour celles qui pensent à tort que, pour elles, le temps des découvertes est terminé, que le flot de leur vie coulera désormais sans heurts ni surprises : « Alors ? » Un « alors » ouvrant sur tous les espoirs, les rêves, les folies. Les dames y répondaient, règle de discrétion oblige, par un simple battement de cils, une lumière plus vive dans l'œil, un joli embrasement de leurs joues : alors oui ! L'imagination se chargeait du reste.

Alors… pénétrant ce premier jeudi de mai dans l'atelier de Joseph, le visage tendu de celui-ci a appris à Aude que le jour était venu du lever du soleil sur sa vie.

Après l'avoir dévêtue, ne lui laissant que son médaillon, il lui a demandé de défaire les boutons de sa blouse de peintre. Lorsqu'elle était gamine, Aude se plaisait à ajouter un bouton magique à l'ascenseur qui la montait chez elle, bouton qui la menait au paradis.

Le bouton magique était là, auquel nul avant le peintre ne s'était si savamment attardé, ouvrant la porte à une petite marée, permettant au magicien de se glisser en elle, aller, venir, investir ses moindres recoins, s'infiltrer dans ses plus secrètes anfractuosités, la mer monte, elle force de fragiles remparts, éveille des territoires inconnus d'une vertigineuse sensibilité, la mer est haute, le ciel incandescent, Aude et Joseph dansent ensemble sur la crête d'une vague, encore et encore, jusqu'à l'explosion qui les ramène sur la plage, ciel apaisé, jour levé.

Si elle n'a pas assisté, ce soir-là, à la fête-champagne, c'est que rien n'aurait pu l'empêcher de crier son bonheur.

Sur la toile, dont le fond est aux couleurs du médaillon, le sourire d'Aude et celui de l'hétaïre se confondent. Angélique applaudit.

28

Sibylle

Il semblait parfois à Sibylle qu'elle avait passé sa vie à attendre. Enfant, puis ado, attendre les fins de semaine et les vacances dans les sévères pensionnats où ses parents, agriculteurs, l'enfermaient pour qu'elle y fasse les études dont eux avaient été privés et s'élève ainsi dans l'échelle sociale.

Attendre, en inondant la nuit son oreiller de chagrin, d'impuissance et de rage, le jour où elle prendrait sa revanche sur les pestes qui, du haut de ladite échelle, l'accablaient de leur mépris.

Attendre, enfin bachelière, la voiture d'occasion promise par son père afin de pouvoir se rendre à l'université de Poitiers y étudier le droit, en profitant pour se libérer un peu de l'étouffante atmosphère familiale.

Attendre, après quelques aventures sans lendemain, celui qui lui permettrait d'échapper pour de bon au joug de ses parents, les quelques sous qu'elle gagnait ne suffisant pas à payer un loyer.

Attendre, attendre, attendre…

Sibylle avait 23 ans, dernière année de droit, lorsqu'elle avait rencontré Étienne Jeanson, 30 ans, ingénieur, directeur financier dans la florissante entreprise familiale – éco-emballage –, l'avenir.

Beau, brillant, sérieux… Elle n'en revenait pas d'avoir été remarquée par lui, elle qui se jugeait quelconque. Et pourtant c'était bien elle qu'il avait épousée en grande pompe dans la cathédrale Saint-Pierre, sous les yeux extasiés de ses parents, résignés de ceux de la belle-famille.

Étienne rêvait d'être père. Au retour de leur voyage de noces, Sibylle était enceinte. En quatre ans, elle lui avait donné trois héritiers, deux filles et, enfin, le garçon. À sa demande, elle avait arrêté ses études pour se consacrer à leur éducation, heureuse d'offrir à ses enfants tout l'amour et l'attention dont elle avait si cruellement manqué.

Pendant quelques années, sans doute avait-elle été heureuse, même si elle s'ennuyait un peu, son rôle de mère et diverses occupations mondaines échouant à remplir le vide qu'elle sentait parfois en elle. Pour tenter de le combler, elle lisait beaucoup en prenant des notes, surtout des ouvrages de psychologie, ses préférés.

D'Étienne Jeanson ou d'elle, qui était le plus sérieux ? Lorsque Sibylle avait découvert que son mari entretenait une jeune et jolie hôtesse – on peut tout mettre dans ce mot –, son monde avait vacillé. L'infidèle lui avait fait comprendre qu'il ne renoncerait pas à sa Dorothée, tout en s'engageant, main sur le cœur, à ne jamais quitter la mère de ses enfants. Entraînée à accepter l'inéluctable, Sibylle avait souffert en silence. Mais, de ce jour, elle avait recommencé à attendre.

Attendre d'être engagée chez un entrepreneur, ami des Jeanson, dans le passionnant secteur des « Ressources humaines » où ses études de droit et ses connaissances en psychologie, trouvant enfin leur récompense, elle avait très vite fait son chemin.

Attendre que fils et filles aient enfin quitté le nid pour se sentir autorisée à demander le divorce à la stupéfaction et l'irritation d'Étienne, se voyant obligé de tenir la promesse faite imprudemment depuis dix ans à sa Dorothée de l'épouser.

Attendre presque un an que le jugement soit rendu, le divorce prononcé aux torts du conjoint, la conjointe s'étant montrée irréprochable durant un quart de siècle de mariage.

Comme par hasard, Sibylle avait perdu son travail dans l'entreprise amie de la belle-famille. Heureusement, la prime de licenciement, la vente de la ferme de ses parents – par chance décédés avant d'apprendre le naufrage d'une union qui les avait rendus si fiers – et la confortable pension alimentaire versée par son ex la mettaient à l'abri de tout souci financier. Après avoir déménagé, elle s'était même offert quelques travaux esthétiques, ayant appris que la première condition de la réussite était de se plaire à soi-même.

Il ne manquait à Sibylle qu'à découvrir, grâce à Aude Ardoin, une amie, les rencontres culturelles de Fortjoie, faire connaissance avec les artistes, devenir membre de l'association, décider d'aider le jeune Ladislas à avancer dans sa vie, pour qu'il lui semble enfin être arrivée à destination, que s'achève l'attente.

*

On ne se change pas ! Tout ce que Sibylle a entrepris, elle l'a toujours fait avec sérieux. C'est pourquoi, dès l'opération-pose lancée par la présidente, elle s'est renseignée sur ce que le portrait représentait pour son auteur. La réponse des spécialistes a été unanime : celui qui parvient à peindre un modèle vivant gagne en quelque sorte ses galons d'artiste. Il saura par la suite mettre la vie dans toutes ses toiles, fût-ce celles appelées injustement « natures mortes ».

Pour en revenir au portrait, c'est en général avec des nus que l'artiste fait ses premières armes, s'adressant à des modèles rétribués pour ça et qui affichent sans complexe les facettes les plus secrètes de leur anatomie. Bien sûr, poser nues était exclu pour les dames de l'association, trop pudiques et peu soucieuses d'exposer des charmes plus de la première fraîcheur, même si Rose-Marie ne se privait pas de leur citer en exemple la grande Colette, éternelle amoureuse, qui ne recevait ses galants que gantée et dans une semi-obscurité propice à tous les rêves, aux plus intimes explorations.

Quoi qu'il en soit, quelques semaines de pose ont suffi pour que les progrès se fassent sentir. Les plages vides de Joseph se sont animées avec de jolies baigneuses étendues à l'ombre des palmiers.

Les ciels de béton d'Enzo s'entrouvrent, laissant apparaître des visages songeurs, d'étranges chevelures – influence d'Armelle ? De toute évidence, Vincent n'attendait que le signal pour exprimer toute la générosité, la tendresse qu'il porte en lui. Seul Ladislas, le peintre que Sibylle s'est choisi, peine à décoller.

Alors que, à ses débuts, elle lui a apporté son aide face à la redoutable Solange Dautun, et bien que, séance après séance, elle fasse tout pour lui manifester sa confiance, elle n'a droit sur sa toile qu'à un morne et lassant défilé de nuages. Tout juste s'il ose lui baiser la main à son arrivée. Jamais, il n'a pu se résoudre à l'appeler par son prénom.

Dans le parc de Fortjoie, il y a eu les perce-neige, puis les jonquilles annonçant le printemps, le muguet est pour demain, les chrysanthèmes viennent toujours plus vite qu'on ne le voudrait. Sibylle a recommencé à attendre.

Et le plus irritant est qu'avec d'autres modèles Ladislas se lâche. Elle peut le constater lorsque, sans lui en demander l'autorisation, elle feuillette les autres portraits, tournés contre le mur. Méfiez-vous des dames soi-disant irréprochables. Prenez Odette Lepeu par exemple, toute en rondeurs, jupe cachant ce qu'on ne saurait voir, médaille de baptême autour du cou, se vantant d'être une grand-mère présente ! Présente, elle l'est en effet de plus en plus sur la toile de Ladislas, elle l'envahit, elle déborde, ce n'est pas une éclaircie, c'est du thermonucléaire. Et il faut l'entendre se vanter lors du cocktail du soir de la bonne influence qu'elle exerce sur « son » portraitiste, avec des rires de gorge, des clins d'œil appuyés qui en disent long sur ce qu'elle en attend.

Bien sûr, nul au château n'ignore que Ladislas est en quête d'une mère pour remplacer celle qui l'a abandonné. Mais, pour la mère, Sibylle a déjà donné, c'est la femme qu'elle veut voir enfin reconnue, honorée. Et attendre ce que Ladislas s'apprête à donner à une autre, non merci.

C'est pourquoi elle n'a pas réclamé, comme certaines, davantage d'heures de pose, quitte à payer le prix fort. Elle terminera celles inscrites sur son contrat puis elle s'adressera à un autre peintre.

Elle est déjà sur la liste d'attente de Joseph.

29

Aujourd'hui, 1er mai, nous avons fêté le lancement de la campagne « MUSE » presse papier et télévision.

Jean-Pierre, notre boss, qui ne fait jamais les choses à moitié, avait convié tous les participants à la belle aventure – conjoints, compagnes ou compagnons bienvenus – à un déjeuner dans la prairie fleurie du « Jardin des Sens » – je n'invente pas – situé au bord du Clain. Au total, une bonne cinquantaine de personnes.

Avant d'honorer le buffet, tous ont pu admirer, sur grand écran, les quarante secondes inoubliables tournées sur le voilier bercé par la mer Égée. Les applaudissements, debout, ont retenti durant plusieurs minutes. Passait sur la toile blanche des tentes un vent parfumé qui m'a ramenée sur l'île de Minos. Un mois, un mois seulement, s'était écoulé depuis ces trois journées magiques où, sous le regard des dieux, tout semblait possible.

À notre retour de Grèce, nous avions eu droit à quelques jours de repos. J'en avais profité pour prendre mes quartiers à Fortjoie, à la demande de Diane, ne revenant dans mon studio qu'en fin de semaine. De son côté, Cyril avait rejoint son Gilles à Londres avant de repartir très vite en repérage pour la pub suivante. Nous n'avions pas eu l'occasion de nous revoir tranquillement.

Allez, Filippa ! Les occasions, ça se crée. N'était-ce pas plutôt moi qui avais fait mon possible pour éviter mon « amoureux », m'épargner un tendre et joli : « Raconte-moi, toi », comme chez Zorba, auquel je n'étais pas sûre de vouloir répondre. Bal des hypocrites ?

À Fortjoie, Cyril, les « invasions barbares » se poursuivent, sur lesquelles nous nous efforçons de garder le contrôle, parfois un peu débordées. Inquiètes ? Ces dames sont de plus en plus nombreuses à sortir des ateliers, la mise chiffonnée, le regard alangui, ailleurs. Mais il se peut très bien que ne s'y échangent que d'innocents baisers ou caresses. Sur le sujet, les garçons se montrent remarquablement discrets. Et ce n'est pas nous qui nous permettrions de les interroger.

À ce propos, nous avons eu droit – rarissime – à une colère de Rose-Marie. Cela s'est passé lors du tour d'horizon, pratiqué chaque fin de semaine dans son salon de compagnie. Margot était de sale humeur. Pas nouveau, notre petite sœur s'irritant de voir le banquet se dérouler sans elle. Elle avait regretté avec amertume que Vincent ne donne que dans le platonique, laissant aux autres artistes tout le « travail de fond », se déclarant prête à le « déniaiser ».

Rose-Marie était sortie de ses gonds.

— Tu es priée de le laisser tranquille. Chaque peintre est libre de ses choix. Et choisir de se consacrer à son seul art n'a rien de niais.

— D'autant que, pour l'image de Fortjoie, il n'est pas mauvais d'avoir un artiste tel que lui, avait renchéri Diane. Et je te ferai remarquer que sa liste d'attente à lui aussi est bien remplie.

Margot n'avait pas insisté et Rose-Marie était passée à autre chose. À la réflexion, sa réaction n'avait rien de surprenant. Nul n'ignorait qu'elle portait à Vincent une attention particulière, tout comme notre père. Vincent, seul au monde ? À notre connaissance, la mystérieuse grand-tante qui le leur avait confié n'avait plus jamais donné de nouvelles. Disparue, elle aussi ? Alors quoi d'étonnant à ce que Rose-Marie ait repris le flambeau ?

Quant à moi, depuis mon retour de Crète, Vincent me fuit, c'est évident. Qu'ai-je fait ou dit de mal ? Il m'arrive d'avoir envie de lui lancer : « Approche, je ne vais pas te manger. » Et ma dignité ? J'ai décidé de me montrer distante. Dans le secret espoir qu'il en souffrirait et me reviendrait.

*

Au Jardin des Sens, la fête se terminait. Je faisais quelques pas dans l'allée des Ombres, pleines d'odeurs boisées, lorsque Cyril et son compagnon m'ont rejointe. Je n'avais pas revu Gilles Duplessy depuis la mort de papa. Après m'avoir exprimé ses regrets, il m'a demandé des nouvelles du château. Je lui ai raconté les progrès étonnants des peintres depuis que leur avaient été commandés des portraits. Il a ri : « Tous sont encore dans la jeunesse de la création et ils n'ont pas fini de vous étonner. » Il m'a cité quelques grands en exemple.

— Un jour, il faudra que vous passiez à Fortjoie pour nous donner votre avis, ai-je lancé.

Quel aplomb ! Un avis du galeriste valait de l'or.

— Je le ferai volontiers pour votre père, a-t-il répondu à ma surprise. Un grand monsieur.

On s'imagine que l'on va mieux. Peu à peu les souvenirs heureux prennent le dessus sur le chagrin : on y arrivera ! Et puis deux mots vous rejettent dans la peine et le manque : papa, un « grand monsieur »...

Gilles s'est penché sur moi, doux et autoritaire.

— Ça va aller, ma Filoute, a-t-il dit en serrant mon épaule dans sa main.

J'ai compris pourquoi Cyril l'aimait.

30

Papa, plutôt du genre bienveillant, large d'esprit, trop au goût de notre pauvre mère, ne supportait pas ceux qui, face à l'adversité, au lieu de s'y mesurer, déclaraient avec force soupirs, prenant le ciel à témoin : « Que voulez-vous, c'était écrit. »

Rien, jusqu'au dernier moment, la dernière seconde de notre vie, n'était définitivement écrit, affirmait-il. L'être humain, et c'était là son honneur, avait le pouvoir, jusqu'à sa mort, de changer le cours de son destin. S'y soumettre à l'avance était signe de lâcheté.

Bien sûr, nous nous amusions à le contredire. Et la voiture qui fait une embardée et emboutit la porte cochère juste au moment où M. Tartempion sort de chez lui, l'envoyant *ad patres*, pas le destin, ça ? Et ce train ou cet avion dans lequel Mme Tartempionne a pris place, le cœur léger, et qui va dérailler ou s'écraser, pas inscrit quelque part non plus ?

— Absolument pas, rétorquait notre père. Et qu'on ne lui serve pas la trop facile excuse : « Être au mauvais moment au mauvais endroit. » Durant toute leur existence, les Tartempion du monde entier fourbissaient par leur attitude la triste ou heureuse issue de leur vie. Les choix esquissés durant l'enfance, la profession adoptée, le conjoint subi ou non, un tempérament de limace ou de lion. Bref, après tout un roman, il parvenait à nous convaincre que les malheureux Tartempion n'avaient été victimes que d'eux-mêmes et de leur comportement.

Et nous applaudissions en nous jurant de tenir fermement les rênes de notre destin.

Papa concédait cependant que celui-ci pouvait nous envoyer des avertissements : rêves prémonitoires, mises en garde des proches, éventuellement un accident bénin annonçant le grand. Mais, là encore, nous étions libres d'en tenir compte ou non, d'ouvrir les yeux ou, les gardant fermés, aller dans le mur.

Le plus beau était à venir. L'exemple foudroyant que nous ne nous lassions pas d'entendre : trop beau, trop évident, si triste ! Celui du souverain cher à son cœur et à celui de Diane de Poitiers : Henri II.

Le roi de France raffole de fêtes : festins, bals, mascarades. Sa préférence va aux tournois où s'affrontent les chevaliers dans un faste inouï : arcs de triomphe, colonnades, sculptures, somptueuses tapisseries.

La tribune royale accueille la reine Catherine, épouse d'Henri II, ainsi que Diane de Poitiers, sa maîtresse. Autour d'elles, dames de compagnie en robes féeriques et courtisans. Sur des tribunes supportées par des échafaudages, la foule des spectateurs.

Nous sommes le vendredi 30 juin de l'an 1559, troisième et dernier jour de joutes. Les deux premiers jours se sont déroulés à la satisfaction de tous. Aujourd'hui, Henri II va affronter un triple assaut amical : le duc de Nemours, le duc de Guise et le comte Gabriel de Montgomery. Le roi est un peu irrité. Ce matin, la reine l'a supplié de ne point se battre, sa nuit ayant été tourmentée par un rêve affreux où elle le voyait blessé, la tête ensanglantée. Il a haussé les épaules, les femmes... Vêtu aux couleurs de Diane, le blanc et le noir, il enfourche résolument son cheval, nommé « Le malheureux ».

C'est sans peine qu'il remporte la victoire sur ses deux premiers adversaires. Reste le comte de Montgomery, 29 ans, arborant sur son écu les fleurs de lys. Après l'affrontement, la victoire est indécise, Henri II a branlé sur sa selle, manqué de quitter ses étriers. Mais il est 5 heures, c'est la fin du tournoi. Accablés par la chaleur, les courtisans se lèvent déjà pour partir.

— Je veux ma revanche afin que la victoire soit claire, déclare soudain le roi.

On lui fait remarquer que ce serait violer la tradition. Avec panache, le comte de Montgomery lui assure que la victoire lui revient. Rien n'y fait. Ni une nouvelle prière de la reine, ni celle du seigneur de Vieilleville qui, tandis qu'il l'aide à coiffer son casque, lui apprend que depuis trois nuits quelque chose l'avertit que ce dernier jour de juin sera fatal à son roi. La hâte d'Henri est telle de reprendre le combat qu'il n'attend pas la sonnerie des trompettes pour se jeter dans l'arène.

Au premier choc, les lances des jouteurs se brisent, ils perdent aplomb. Tandis que Montgomery parvient à se remettre en selle, on voit le roi vaciller puis tomber à terre. Un éclat de lance, passant par son casque entrouvert, s'est fiché dans son œil.

Rien ne le sauvera d'une longue et terrible agonie. Pas même les soins des meilleurs chirurgiens, dont Ambroise Paré accouru à son chevet. Ni les condamnés à mort auxquels la même blessure sera infligée dans l'espoir de pouvoir mieux soigner le souverain.

En ignorant résolument les avertissements réitérés du destin, s'entêtant dans son choix, le « beau ténébreux », l'amour de Diane, le roi, est tombé.

Quant à celui qui nous en contait l'histoire avec tant de passion, n'avait-il pas, lui aussi, choisi son destin en décidant de vivre intensément chaque minute de sa vie, ignorant son âge et les recommandations de son médecin : économiser son cœur. Économiser son cœur, papa ? Vous vouliez rire ?

*

Durant le glorieux mois de mai à Fortjoie, dans l'euphorie de la fête et du succès de notre entreprise, avions-nous négligé les avertissements ?

Ces dames, de plus en plus nombreuses, qui réclamaient davantage d'heures de pose ?

Ces autres, certes rares, qui, l'air effarouché, résiliaient leur contrat avant l'heure, à l'instar de la dame Malandrin, sans nous en donner la raison : une question d'ambiance.

Aurions-nous dû, lors de la fête-champagne du soir, mieux veiller à ce que le principe de discrétion soit observé ? Nous méfier de ce qui se disait dans le salon de manucure de Sacha ?

Les appels de quelques maris, notamment ceux du « beau Guy », s'inquiétant d'un changement de comportement de leurs épouses, de l'importance que prenaient pour elles les activités culturelles de Fortjoie, auraient-ils dû nous alerter ?

Aurions-nous dû prêter plus d'attention à Margot qui s'indignait de plus en plus de notre refus de lui octroyer quelques heures de pose alors qu'elle se targuait d'être à l'origine de notre fortune, Margot l'incontrôlable, Margot à bout ?

On dit de ceux qui fuient la vérité qu'ils vivent dans une bulle.

La bulle s'apprête à exploser.

Troisième partie

« CES BEAUX MESSIEURS DU CYGNE NOIR »

31

Guy Ardoin

Quand Guy avait-il commencé à noter quelques changements dans l'attitude de son Aude ? À quel moment s'était-il posé la première question concernant son apparence ? Difficile à dire. Après plus d'un quart de siècle de vie conjugale, l'apparence... Et l'essentiel n'est-il pas que l'autre soit là, vous attende, vous accueille dans la chaleur du foyer ? Guy n'avait jamais craint d'employer les jolis mots anciens.

Alors ? La teinte plus claire de ses cheveux ? Leur coupe, peut-être ? Un maquillage plus prononcé de ses yeux et de ses lèvres ? Ces détails touchants, ces ruses auxquels les femmes ont recours, passé un certain âge, dans l'espoir de garder leur pouvoir de séduction. Aurait-il dû s'en aviser ? S'en inquiéter ?

Mais, entre sa permanence près de la gare de TGV – pratique –, ses séjours à Paris pour siéger à l'Assemblée – assembler, rassembler, réunir, Réunion... –, ses voyages dans l'île portant ce nom

– onze heures de vol quand même, Air France, volons français –, il était tellement sollicité !

À y bien réfléchir, l'humeur d'Aude s'était, elle aussi, modifiée. Dans le bon sens. Terminés la froideur, les faux airs détachés, les sourires aigres, à ses retours. Comme une sorte d'indulgence laissant à penser qu'elle avait enfin compris que ce qu'il vivait ailleurs n'était que divertissement – à rapprocher du beau mot « diversité », que le pouvoir vous ouvre les portes les plus fermées, que séduire fait partie du métier – importance de l'électorat féminin ! Et puis, que diable, un homme est un homme et sa femme savait très bien qu'elle était et resterait toujours la première, l'épouse, la mère de ses fils. Ce qu'il ne manquait jamais de lui rappeler en lui rapportant de ses escapades un collier de coquillages, quelques plantes à parfum ou, bien sûr, de la vanille sous toutes ses formes, spécialité de l'île.

Quand Aude avait-elle prononcé pour la première fois le nom de « Fortjoie », le château d'Aymar, un aristocrate méprisant, tourné vers son seul plaisir, indifférent à la planète, déclarant haut et fort que son seul parti était sa Patrie avec un grand P ? Un château délabré comme ses idées, que ses filles avaient repris après sa mort et qu'elles tentaient d'entretenir ainsi que de jeunes peintres dont il se disait qu'ils ne valaient rien. Toujours est-il que lorsque Aude s'était inscrite à l'association, gérée par l'épouse de l'ancien préfet, Guy s'en était sincèrement réjoui. Depuis que leurs fils avaient quitté la maison, il éprouvait quelques remords à s'en éloigner si souvent. Deux garçons dont ils avaient tout lieu d'être fiers, même si l'aîné était passé à l'ennemi, militant, horreur, pour l'exploitation du gaz de schiste. « Réaction naturelle vis-à-vis d'un père trop brillant », le consolait Aude qui pouvait se révéler fine psychologue. Oui, il s'était réjoui pour elle, cela l'occuperait. Mais de là à ce qu'elle l'encourage à prolonger ses voyages, comme depuis quelque temps : « Trois heures de décalage horaire, ça n'a l'air de rien mais c'est usant, autant partir pour un bon moment, amuse-toi, moi, j'ai mes amies de Fortjoie… »

Amuse-toi ?

Les chemisiers en voile léger, transparent, laissant apparaître la naissance de ses seins avaient été à l'origine de ses premières interrogations. Non qu'il en soit choqué : sur les plages de La Réunion, les seins fleurissaient à l'envi, le reste à l'avenant, mais son épouse, quand même ! Puis, dans la foulée, illustrant ce décolleté, était apparu le médaillon autrefois offert par sa grand-mère : un vieux truc tapageur dont il croyait qu'elle s'était débarrassée.

— Mes amies l'adorent. Et figure-toi que l'ancien revient à la mode, lui avait-elle expliqué en caressant la figurine. Et, sur le mot « ancien », elle avait été prise d'un fou rire dont il n'avait pas compris la raison : une gamine.

Enfin, une quinzaine auparavant, alors qu'il l'accompagnait à un dîner chez des amis, les Berthelot, couple considéré et fortuné de la ville, il avait failli se sentir ridicule.

Alors que tous admiraient, au mur du salon, un portrait, ma foi plutôt réussi d'Agnès, leur hôtesse, signé « Vincent », n'avait-il pas appris que de nombreuses dames de la ville, dont la sienne, commandaient leur portrait à l'un ou l'autre peintre de Fortjoie, remplissant ainsi les caisses de l'association gérée par Rose-Marie de Courlet ? Portrait dont Aude avait « oublié » de lui parler.

Séances de pose, chemisiers transparents, médaillon, bonne humeur, qui n'aurait fait le rapprochement ? Non sans réticence, elle lui avait livré le nom de son portraitiste, un certain Joseph. Soudain, c'est humain, voilà qu'elle lui semblait à nouveau désirable, les jeunes pousses de La Réunion un peu vertes et manquant de mystère. Puis il y avait eu cette nuit où, pour la première fois, elle s'était refusée à lui, prétextant un mal de tête. Lui que certaines, là-bas, appelaient le « piton des Neiges », massif volcanique de l'île, en raison de ses tempes blanches. Et, comme il insistait, elle s'était réfugiée dans l'une des chambres de leurs fils, rebaptisées « chambres d'amis »… pour ne plus la quitter.

*

Trop c'est trop ! Il a décidé d'agir, reporté un déplacement en évoquant un rhume, dû à la pollution, afin de surveiller ceux de sa femme. Aux petits soins pour lui le dimanche (cherchant à se racheter ?), dès le lundi matin, elle a quitté l'appartement sur la pointe des pieds avec, au cou, il a pu le constater par l'entrebâillement de la porte, le foutu médaillon qu'il avait cherché sans succès, jusque sous son petit linge, cache préférée des femelles.

Il s'est obligé à patienter un long moment, au cas où elle reviendrait avec le pain frais, avant de sauter dans un taxi, via le maudit château.

La voiture de sa femme était bien dans la cour. Il était presque 10 heures lorsqu'il a pénétré dans le hall. À l'accueil, Margot, la plus jeune des sœurs Fortjoie, connue pour ses excentricités. Derrière elle, un grand tableau affichant des horaires et des noms parmi lesquels il a repéré celui de Joseph, son Aude inscrite dessous. D'une voix détachée, s'appliquant à sourire, il a demandé où se trouvait l'atelier en question : un message urgent à remettre à son épouse, cela ne lui prendrait que quelques minutes.

Là, il s'est passé une chose inattendue : le front de Margot s'est plissé, il a lu de la colère dans son regard, une colère qui ne lui était pas destinée. Elle a tendu le doigt vers un couloir.

— Le nom des peintres est inscrit sur les portes.

En haut de l'escalier apparaissait Rose-Marie de Courlet. Margot a tourné la tête. Ni vu ni connu, Guy a pris le tableau en photo avec son portable, avant de foncer, décidé, s'il le fallait, à forcer la porte du dit Joseph.

Inutile, elle n'était pas fermée à clé ! Il n'a eu qu'à la pousser.

Sur un lit, vêtue de son seul médaillon, sa douce peau blanche ajustée à la peau sombre et élastique d'un géant, sa femme gémissait dans la houle de l'amour.

Son cri l'a interrompue. Elle a tourné vers lui un visage chaviré.

— Eh oui, a-t-elle murmuré, tous frères, toutes sœurs.

Et d'un seul coup, toutes les belles certitudes de Guy Ardoin se sont effondrées.

32

Gustave de Courlet
Mari de Rose-Marie

Midi sonnait à la pendule du salon, Gustave répétait devant le miroir – bois doré, Régence – le discours joliment troussé par Rose-Marie, sa « régente », comme il aimait à l'appeler : quelques mots qu'il prononcerait à l'hôtel de ville afin d'honorer une entreprise japonaise, récemment installée à Poitiers – on n'est plus chez soi –, suivis d'un déjeuner où il représenterait le préfet, en déplacement dans la capitale, lorsqu'on avait carillonné à la porte de son hôtel particulier.

Du hall, des éclats de voix lui étaient parvenus et, avant qu'il ait pu battre en retraite dans la salle à manger, Guy Ardoin, l'emmerdeur, le « casse-couilles » comme l'appelaient certains, faisait irruption dans la pièce, la fidèle Mercédès, leur employée de maison, désolée, sur ses talons. Et le respect dû aux modestes, M. le député ?

— Je dois vous parler d'urgence, Gustave !

Sous prétexte qu'il siégeait à l'Assemblée, l'élu de la douzième circonscription de la ville se croyait autorisé à mettre son grain vert partout où il le pouvait. Qu'allait-il réclamer cette fois ? Un nouveau rond-point ruineux ? Une salle de shoot ? La protection d'un batracien connu de lui seul ?

— Je reviens de Fortjoie.

Le château du regretté Aymar que sa Rose-Marie, secondée par les filles de celui-ci, s'efforçait de remettre à flot en y organisant toutes sortes d'activités culturelles.

— Savez-vous ce que j'y ai découvert ?

De la furieuse logorrhée qui avait suivi, Gustave, appareillé, avait cru comprendre que Guy Ardoin venait de surprendre sa femme dans les bras de Joseph, l'un des peintres hébergés au château : cocu en somme, appelons les choses par leur nom. Il avait eu du mal à retenir un sourire peu charitable : le « beau Guy », comme on l'appelait, se privait-il, lui, d'honorer les jeunes et jolies électrices de La Réunion, département français d'outre-mer, s'en vantant à l'occasion.

— Et ma femme ne serait pas la seule à offrir ses charmes aux artistes, avait bavé haineusement l'apôtre du vivre ensemble.

À la suite de sa découverte, Ardoin s'était dissimulé dans le parc d'où il avait pu voir débarquer en catastrophe Diane, fille aînée d'Aymar. Les accents d'une engueulade entre elle et sa cadette lui étaient parvenus. Un peu plus tard, il avait assisté à un joyeux chassé-croisé entre dames qui sortaient et entraient. Et, parmi elles, qui avait-il reconnu ?

L'épouse d'Anselme de Brézé, le fameux banquier. Bref, à en croire Ardoin – on se console comme on peut –, les lieux seraient devenus un vaste lupanar.

Midi trente ! Mercédès était revenue l'avertir que le chauffeur de la préfecture l'attendait. Gustave avait abrégé.

— Et qu'attendez-vous de moi, mon cher ?

— Que vous ouvriez les yeux de votre femme. N'est-elle pas la présidente de l'association créée par l'ancien propriétaire des lieux ? Donc responsable de ce qu'il s'y passe.

Comme il y allait ! Ouvrir les yeux de sa Rose-Marie, lui parler de « lupanar », peut-être ? La pauvre choute, il pouvait prévoir sa réaction horrifiée.

Pour calmer son interlocuteur, il avait promis de lui en toucher un mot ce soir. Et lui avait conseillé de s'expliquer avec son Aude. Aude ? C'était bien ça ? Tous ces noms, on finit par s'emmêler. Et Ardoin était-il certain de ce qu'il avait vu ? Il arrive que la colère nous aveugle. Et, sincèrement, lui-même se jugeait-il exempt de tout reproche ?

— J'ai décidé de demander la fermeture du château, avait alors laissé tomber froidement le député.

Et là, Gustave avait tiqué.

Priver Rose-Marie du lieu où elle se consolait de la terrible épreuve envoyée par le Ciel, sa stérilité ! Lui retirer une occupation, de son propre aveu, à plein-temps, qui, tout en la distrayant, lui permettait à lui de mener librement sa vie personnelle ? Pas question ! Vie personnelle, peu aventureuse contrairement au « beau Guy », une longue liaison avec une dame modeste, aux jolis talents, qu'il aidait à boucler ses fins de mois, muni, si l'on pouvait dire, de la bénédiction de son épouse et, bien sûr, en toute discrétion.

Voilà qui le ramenait à une bien sombre période. À l'époque, son épouse ne s'était-elle pas fourrée dans la tête que sa stérilité venait de lui ? Lui, un Courlet, fruit d'une belle et longue lignée réputée pour sa virilité ? Ne lui avait-elle pas demandé de se soumettre à des examens dégradants pour un homme ? Ce à quoi, bien entendu, il s'était refusé. De ce jour, son épouse, peu portée sur la chose, n'avait plus partagé sa couche, lui rendant tacitement sa liberté.

— Fermer le château ? Et au nom de quoi ? s'était-il insurgé.

— Atteinte à l'ordre public et aux bonnes mœurs.

Bigre ! Déployer la machine de guerre sous prétexte qu'il avait cru voir sa femme dans les bras d'un autre. Le décalage horaire dû à ses voyages devait lui porter sur le système. Le raisonner ? Gustave y serait encore. Aidé par le chauffeur, il l'avait reconduit à la porte.

Résultat, Gustave était arrivé en retard à l'hôtel de ville, oubliant son discours près du miroir. Son déjeuner avait été gâché par la perspective de devoir annoncer à Rose-Marie que son château était devenu un « lupanar ». Sitôt rentré à la maison, il l'appellerait. Elle pourrait compter sur lui pour tout faire afin que son lieu favori soit préservé des absurdes accusations d'un fou.

33

Anselme de Brézé
Mari d'Armelle

Anselme revenait des eaux : un week-end prolongé à Vittel. Ces brefs séjours lui faisaient un bien fou, revitalisant son corps, libérant son esprit d'un trop-plein de chiffres, comptes et autres transactions, déclinés en toutes les langues.

En pleine forme, oui ! Ainsi avait-il prévu de se rendre ce soir au « Cygne noir » : souper dans sa suite habituelle, dite « de l'Empereur », en compagnie de la délicieuse Candie. Puis, à l'assaut !

Afin d'être au mieux de sa forme dans cette virile perspective, il avait déjeuné légèrement – ni alcool ni café – à la cantine de sa banque. Il n'était pas 14 h 30, il sortait de l'ascenseur menant à son bureau, lorsqu'un énergumène lui avait barré le chemin, exigeant d'être reçu sur-le-champ.

Comment celui-ci avait-il fait pour forcer les nombreux barrages protégeant l'étage directorial ? Anselme avait compris quand il avait brandi sous son nez sa carte de député : Guy Ardoin, écolo, un donneur de leçons, un empêcheur de danser en rond sur l'air du progrès, que, jusque-là, il avait réussi à éviter : perte de salive et de temps.

D'une poigne ferme, Anselme l'avait dirigé vers le bureau de son assistante afin qu'il prenne rendez-vous, se promettant, le jour venu, d'avoir un imprévu le dispensant de l'honorer. C'est alors que le gougnafier avait prononcé le nom de son épouse, Armelle, assurant avoir des informations sensibles la concernant. Tout banquier expérimenté sait déceler une menace, même voilée, aussi Anselme s'était-il résigné à l'introduire dans son bureau.

Il aimait cet endroit, son repaire. Une pièce imposante, peuplée de livres reliés, deux hautes fenêtres sur le fleuve. Et un coin plus intime, bar, fauteuils-club, photos de famille : ses deux enfants, hélas installés aux États-Unis, pays de la libre entreprise, ses cinq petits-enfants.

Après avoir désigné à son interlocuteur une chaise devant son bureau, il était passé de l'autre côté.

— Je vous écoute.

— Je suppose que vous n'êtes pas au courant de ce qui se trame à Fortjoie, avait attaqué Ardoin, perché comme un coq sur le rebord de son siège.

— Si vous voulez parler de la conspiration féminine pour conserver le château d'Aymar et continuer à y héberger de jeunes artistes, mais si, je suis au courant.

Un instant déstabilisé, le coq avait poursuivi :

— Alors, vous devez savoir également que, pour ce faire, votre épouse pose pour l'un des artistes en question.

— Certainement ! Et elle n'est pas la seule, à ce qu'elle m'a raconté. Ma femme a toujours eu à cœur d'aider les défavorisés, j'y souscris volontiers.

C'est alors que le « vert » avait lâché sa bombinette. Selon lui, les séances de pose se seraient terminées au lit. Ainsi avait-il surpris, ce matin même, sa femme, Aude, forniquant avec l'un des soi-disant peintres. Il avait également vu l'épouse d'Anselme quittant le château en toute hâte, vêtements froissés, cheveux défaits.

Et là, c'est Anselme qui avait ri, lui franchement. Sa froide Armelle, sa grande dame, « forniquant » avec un peintre ? Si c'était pour lui faire part de ce scoop qu'Ardoin était venu le déranger, il pouvait rentrer chez lui, il prenait bonne note.

— Un homme averti en vaut deux, avait-il même ajouté en pensant à celui qui, dans quelques heures, honorerait la jolie Candie au « Cygne noir ».

Mais, loin de se retirer, Ardoin était venu brandir sous son nez une photo prise par son portable, représentant un tableau couvert de prénoms, pointant celui d'Armelle sous un certain Enzo.

Enzo… Enzo… il y était ! Anselme avait croisé un peintre portant ce nom lors de la petite réception donnée au château par les filles d'Aymar, après les obsèques de celui-ci. Enzo et d'autres dont les toiles, ni faites ni à faire, étaient exposées aux murs du salon.

— Eh oui, Enzo et Armelle… avait ricané l'odieux personnage.

— SORTEZ !

Quelques minutes plus tard, Ardoin était reconduit à la porte de la banque, *manu militari*, prié de ne plus jamais s'y représenter.

*

Et voilà comment on vous fiche en l'air une belle journée ! De gentilles plaisanteries de collègues reviennent à la mémoire d'Anselme, qui l'empêchent de se concentrer sur ses dossiers.

« Dis donc, cachottier, qu'as-tu fait à ta femme ? Elle resplendit. »

« Tu as bien regardé ton épouse ? Je serais toi, je me méfierais. »

Plaisanteries qui, sur le moment, l'avaient plutôt flatté.

À y bien réfléchir, Armelle a, en effet, renouvelé sa garde-robe. Elle a renoncé à son sévère chignon, ce qui ne l'empêche pas de retenir ses cheveux en arrière. Il est vrai qu'il lui arrive de plus en plus souvent de sortir sans chapeau. Toutes améliorations dont il s'est félicité. Ce n'est pas lui qui reprochera à sa femme de se moderniser un peu.

Depuis quand, ces modifications ? Voyons… Comment était-elle lors de ces interminables journées que l'on appelle « les fêtes ». Pareille à elle-même, il en jurerait. Plus tard, alors ? À quelle date ont débuté ces séances de pose dont elle lui avait parlé sans préciser le nom de celui qui ferait son portrait ? Janvier ? Février ? Cet Enzo, quand même…

Voilà que ce bougre d'écolo a trouvé le moyen de lui gâcher les délicieuses heures d'attente avant son rendez-vous au « Cygne noir ».

Voilà qu'il craint – esprit ailleurs – de ne pas se montrer à la hauteur avec la jeune Candie.

Voici qu'il appelle « Le Cygne » pour remettre le rendez-vous à un autre jour : problème de famille à régler.

34

Luc Gaillard
Mari d'Henriette

Dans la vie, il y a les gagnants et les perdants. Ceux qui résistent, montrent les dents, et ceux qui se laissent dévorer. Face à un père qui vivait les épaules courbées, la nuque offerte à tous les prédateurs, et qui avait tristement terminé sa vie en poivrot, Luc Gaillard s'était juré de faire partie de la première catégorie, commençant le combat dès l'école en provoquant ceux qui osaient se moquer de lui.

Enfant unique, tout au long de sa scolarité il avait enchaîné, sans rechigner, les petits boulots, sales ou non, pour aider sa mère, employée de maison. En profitant pour se faire une solide expérience du monde, cette vaste et impitoyable arène. Son bac – mention TB – en poche, il avait bénéficié d'une bourse qui lui avait permis de s'inscrire dans une école d'ingénieurs en informatique à Poitiers. Brillant, serviable, il y avait tissé des liens profitables avec d'autres étudiants mieux nés que lui, sans pour autant jamais leur dissimuler de quel milieu il venait ni qui étaient ses parents, assumant. Cinq années plus tard, Luc obtenait son diplôme.

Plusieurs entreprises l'avaient contacté, dont il avait poliment décliné les offres, souhaitant monter sa propre affaire. Très vite, il avait compris que, tout gagnant qu'il était, tout brillant que fut son projet, sans le moindre capital de basc, aucune banque ne lui avancerait de quoi démarrer.

C'est alors qu'il avait décidé d'épouser Henriette Perrot.

De quatre ans son aînée, physique ingrat, elle militait dans une association s'occupant d'adoption. Un ami la lui avait présentée comme étant « le gros lot », la petite dernière de riches provinciaux par ailleurs déjà grands-parents. L'idée de partir en laissant seule leur Henriette les désolait. À condition qu'il soit sérieux, celui qui demanderait sa main bénéficierait d'une dot confortable et de « belles espérances » pour l'avenir.

De prudents travaux d'approche avaient permis à Luc de découvrir une femme solide, intelligente, qui, si elle avait fait son deuil d'un mari, ne se résignait pas à l'idée de n'être jamais mère. D'où son travail, dans l'espoir de bénéficier un jour d'un orphelin, prête, s'il le fallait, à aller le chercher au bout du monde.

Après quelques semaines d'une cour respectueuse, Luc avait proposé un contrat à Henriette. Il l'épousait et s'efforçait de lui faire cet enfant qu'elle désirait tant, en échange de quoi elle l'aidait à créer son bébé à lui : son entreprise. Contrat accepté sans hésiter par la « vilaine », scellé par un chaste baiser.

Vis-à-vis des Perrot, de braves et honnêtes gens qui avaient fait fortune dans le « ménager », il s'était engagé à ne jamais demander le divorce et protéger son épouse des vicissitudes de la vie, bref, à fonder un vrai foyer autour de l'enfant espéré. En personnes avisées, les futurs beaux-parents avaient évité de prononcer le mot « fidélité » : mariage de raison, comme il s'en faisait tant autrefois, autrement solides et durables que ceux dits « d'amour », cette matière volatile.

Dix-huit mois plus tard naissait Enguerrand, un beau et solide garçon, à la joie générale, dont celle de la mère de Luc une femme comblée depuis que son fils lui avait offert un toit, certes modeste, mais bien à elle.

Où Luc avait-il lu que les premiers hommes à mettre le pied sur la lune, ainsi que ceux qui avaient suivi, étaient en majorité des fils uniques ? Élargissant sa recherche, il avait découvert que nombre de ceux-ci, auxquels on pouvait ajouter aujourd'hui quelques filles, objets de toutes les attentions de leurs parents, porteurs de leurs rêves et ambitions, menaient souvent de remarquables carrières. Contrat rempli, il avait donc décidé de s'en tenir à Enguerrand et cessé d'approcher sa femme.

Bien qu'Henriette ait secrètement nourri l'espoir d'élargir la famille, elle s'était résignée, attribuant la décision de son mari à sa disgrâce, reportant tout son amour sur son fils, sans pour autant, assez intelligente pour cela, l'en accabler. Elle avait par ailleurs repris son bénévolat du côté des orphelins.

Confié à l'enseignement privé haut de gamme de la ville, choyé, admiré, Enguerrand n'avait pas déçu ses parents. Sorti major d'une école d'aéronautique, faute d'aller sur la lune, il régulait le ciel. Quant au « bébé » informatique, il prospérait.

*

Vous auriez dit à Luc Gaillard que sa femme prenait du plaisir à vivre, il ne s'en serait pas étonné. N'avait-elle pas eu ce qu'elle souhaitait le plus au monde, un enfant ? Un fils dont, en plus, elle pouvait être fière.

Vous auriez ajouté qu'Henriette était devenue plaisante, Luc aurait poliment souri : un compliment qui va trop loin n'en est plus un.

Mais, le jour où Enguerrand, tenant sa mère à bout de bras pour mieux la contempler, s'était exclamé gaiement : « Bravo, maman, quelle forme ! Tu resplendis », son attention avait forcément été attirée. L'examinant lui-même plus attentivement, il avait décelé quelques menus changements. La couleur de ses cheveux ? Des lèvres légèrement teintées ? Des vêtements plus colorés ? Comme la sortie d'un deuil.

À propos de deuil, elle avait, l'année précédente, perdu ses parents, l'un suivant l'autre de près comme dans les bons ménages. Elle en avait eu beaucoup de chagrin. Tenant sa promesse, Luc s'était montré compatissant. Il l'avait même emmenée avec lui pour quelques jours de vacances, dans le midi de la France où s'était installé leur fils, récemment marié.

Fils qui avait ajouté malicieusement à son « Tu resplendis » : « N'y aurait-il pas du château de Fortjoie là-dessous ? »

C'est à deux mains que Luc avait applaudi la décision de sa femme d'adhérer à l'association gérée par Rose-Marie de Courlet – beau nom. Voilà qui chasserait un peu ses idées noires, engendrées par la mort de ses parents et l'éloignement d'Enguerrand.

Après le départ de celui-ci, il l'avait gentiment interrogée. Ce n'est qu'à son insistance qu'elle avait « avoué » poser pour l'un des peintres hébergés au château, ainsi que d'ailleurs, lui avait-elle fait remarquer, de nombreuses autres bienfaitrices de l'association.

Henriette faisant faire son portrait ? Inénarrable ! Luc avait donc l'explication des « retouches » portées à son physique. Et qui se chargeait de la peindre ? Un jeune Vincent, 23 ans, doux, touchant, orphelin.

C'est alors qu'une sonnette d'alarme avait retenti dans sa tête « bienfaitrice, touchant, orphelin… » Henriette, riche héritière…

Ses « bienfaits », elle les avait toujours réservés à « ses hommes » : l'entreprise de Luc, les hautes études d'Enguerrand et son installation dans le Midi. De nature économe, après la mort de ses parents, elle n'avait même pas songé à changer de voiture. Son seul luxe ? Se rendre régulièrement chez un dénommé Sacha, coiffeur apprécié des dames de Poitiers.

« Touchant, orphelin, bienfaitrice »…

Jamais jusqu'à ce jour, Luc ne s'était permis de mettre le nez dans les comptes personnels de sa femme. Y accédant sans difficulté sur le Net, voilà qu'il y découvrait d'importants virements au profit de « l'association pour les jeunes artistes de Fortjoie », virements réguliers, au final une somme considérable.

Sous couvert de « bonne œuvre », on profitait là-bas de la naïveté de sa femme. Pas question de se laisser gruger, lui et son fils, de sommes qui leur revenaient de droit. Qu'elle le veuille ou non, elle allait devoir s'expliquer.

35

Blaise Lepeu
Mari d'Odette

Lorsque son Odette avait exprimé le vœu de commander son portrait à l'un des artistes de Fortjoie, Blaise s'était empressé d'accepter : tout ce qui pouvait faire plaisir à sa chère et tendre !

L'idée en était venue à sa femme en découvrant, sur les murs de la salle à manger de sa grande amie, Agnès Berthelot, un portrait de celle-ci, exécuté par un certain Vincent. Tout le charme, la douceur, la féminité, qualités que certaines, aujourd'hui, ont un peu trop tendance à ignorer, mises en valeur.

Agnès avait fait ce charmant présent à son mari, Edgard, pour leur anniversaire de mariage. Blaise avait décidé de l'offrir à sa femme pour la fête des grands-mères. La « bonne-maman », très demandée par les huit chenapans que leur avaient donnés leurs trois enfants, ne le méritait-elle pas amplement ?

Le peintre d'Agnès, Vincent, étant très sollicité, Odette s'était rabattue sur Ladislas. À l'écouter, un jeune artiste parfaitement éduqué mais peu sûr de lui et d'une extrême timidité due à l'abandon de parents indignes. Et là, Blaise avait souri : il faisait toute confiance à « bonne-maman » pour y remédier.

Et de quelle façon son Ladislas la représenterait-il ?

En buste. Si, bien sûr, Blaise était d'accord.

D'accord ? Comment ne l'aurait-il pas été ? De buste, son Odette ne manquait pas. Rien à voir avec les planches à pain, cuisses en baguettes, qui défilent, l'air menaçant, à longueur de magazines de mode. Elle, du lourd dans la main, du moelleux sous la tête. Et les petits ne s'y trompaient pas qui se battaient pour s'y endormir, suçotant leur pouce ! au paradis.

Odette avait tenu à ce qu'ils choisissent ensemble la façon dont elle mettrait ce buste en valeur et Blaise en avait profité – avance sur « fête des bonnes-mamans » – pour lui offrir un chemisier à volants et dentelles d'où son visage, adouci par les cheveux blancs, éclairé par les yeux bleus, ressortait comme une fleur au faîte de son épanouissement. Ah, il la voyait déjà, ornant le mur de leur salon, entre les portraits des ancêtres, belle continuité !

Son enthousiasme avait été un peu douché lorsque Rose-Marie de Courlet lui avait indiqué le prix du portrait. Pour des artistes confirmés, peut-être, mais pour ceux qu'il fallait bien appeler des débutants… Elle lui avait alors patiemment expliqué le but de son association : conserver le château et permettre aux jeunes peintres d'y vivre comme au temps du regretté Aymar. Cependant, si Blaise Lepeu le souhaitait, on pourrait atténuer la note en réduisant les heures de pose.

Réduire son Odette, de quoi aurait-il l'air ? Il avait rempli le chèque sans hésiter. Il diminuerait d'autant la somme versée annuellement à des bonnes œuvres. Un budget est un budget et on ne fait pas fortune dans le roulement automobile – l'activité de son entreprise – si on ne tient pas fermement le volant.

Et Blaise n'avait eu qu'à se féliciter de sa générosité. De jour en jour, ou plutôt de séance de pose en séance de pose, ne voyait-il pas son Odette s'épanouir ? Et même retrouver un peu de « piquant », comme on disait joliment autrefois. Cacher des fous rires inexplicables, lire des romans osés – Colette, Régine Deforges – se déhancher à l'écoute de chansons d'amour. Bref, rajeunir, éveillant en lui – n'ayons pas peur des mots – le « gros matou » assoupi. Ce dont la « bonne-maman », hé hé, ne se plaignait pas.

En revanche, celles qui se plaignaient de plus en plus, c'était filles et belles-filles, déplorant que la grand-mère passe trop de temps à Fortjoie au détriment de leurs enfants. Pour y remédier, Odette avait puisé dans sa cassette personnelle de quoi leur payer des baby-sitters. « Mais c'est pas pareil du tout, c'est TOI qu'ils réclament », avaient protesté celles-ci.

Blaise s'était porté au secours de son épouse. Cette manie des jeunes femmes d'aujourd'hui de vouloir travailler même quand leur mari suffit à la tâche, allant parfois jusqu'à leur voler leur emploi. Si elles étaient restées à la maison, le problème de la garde des enfants se serait-il posé ? Et si Odette et lui les avaient écoutées, ils n'auraient pas pris un seul jour de vacances rien qu'à eux. Et justement, en août prochain, Blaise avait l'intention d'emmener sa femme une semaine à Venise pour profiter de leur regain de jeunesse. Voyage en groupe, prix étudiés, gondole incluse.

Là où il avait été franchement contrarié, c'est qu'à la date prévue le tableau n'était pas terminé. Odette elle-même s'en désolait : oui, Ladislas traînait. Elle avait beau y mettre du sien, son ciel tardait à s'animer, les nuages à se dissiper. Mais, elle le sentait, le jour était proche où il s'abandonnerait. Et si Blaise lui offrait son portrait pour leur anniversaire de mariage, à l'instar des Berthelot ?

Ce que femme veut ! Il avait signé un nouveau chèque, y mettant une condition, ce serait le dernier. Les remerciements de son épouse ne l'avaient pas déçu. Quel tempérament ! Si cela continuait, il y laisserait sa santé.

*

Et voilà que cette fin d'après-midi, rentrant à la maison, il l'a trouvée en pleurs. À peine si elle parvenait à s'exprimer. Ce matin, Guy Ardoin, le député bien connu, aurait trouvé sa femme dans les bras de son portraitiste, Joseph, un homme de couleur. Il a, paraît-il, menacé de faire un scandale, soupçonnant d'autres dames, amies de Fortjoie, d'accorder leurs faveurs aux artistes.

C'est Agnès Berthelot, bouleversée, qui a averti Odette. Elle affirme que c'est un coup monté, elle est prête à jurer, sur ce qu'elle a de plus cher, que Vincent ne s'est jamais autorisé la moindre privauté avec elle, tout juste lui a-t-il manifesté une respectueuse tendresse. Et qui pourrait soupçonner une seule seconde Rose-Marie de Courlet d'être complice de tels agissements ?

Quoi qu'il en soit, Odette a décidé d'interrompre immédiatement les séances de pose avec Ladislas de crainte que le nom de son mari ne soit cité, sali peut-être. Elle récupérera son tableau demain. Non, mon Blaise, n'insiste pas, ma décision est prise, les filles peuvent se réjouir : « bonne-maman » est de retour.

36

Il était près de 11 heures, tranquille dans mon studio, fenêtre ouverte sur le marché, je planchais sur un nouveau projet : une ligne de vêtements pour les « petits qui aiment à se prendre pour des grands », lancement à la rentrée, quand le téléphone a sonné : Diane

— Viens vite, s'il te plaît.

Voix *bad news*, j'ai foncé. Il m'a semblé que je savais.

Les voitures habituelles étaient garées en épi autour du perron. Moins habituel, le hall était vide, les ateliers silencieux, ni musique, ni rires. La porte du salon était entrouverte, je suis entrée.

Dans un fauteuil, près de Rose-Marie et de Diane, côte à côte sur le canapé, Aude Ardoin, le visage tendu. Debout, leur faisant face, Margot.

Ma petite sœur m'a jeté un regard hostile.

— Le tribunal est au complet ? On peut commencer, mesdames les procureurs ?

Je me suis assise près d'Aude, son chemisier était froissé, son médaillon de travers. Je savais !

— Avec l'aide de Margot, le mari d'Aude vient de forcer la porte de Joseph pendant son heure de pose, a laissé tomber Diane d'une voix glacée. Il en est sorti dans l'état que tu imagines en jurant qu'il se vengerait.

— Avec mon aide ? s'est rebiffée Margot. Il savait qu'Aude était avec Joseph, il m'a dit qu'elle l'attendait, qu'il n'en aurait que pour une minute. Je me suis laissé avoir, c'est tout.

— C'est ça, on te croit ! Aucune idée de ce qu'il risquait de trouver, a persiflé Diane. Reconnais plutôt que tu t'es vengée de notre refus de te laisser poser.

— Et quand bien même ? Il en serait où, le château, sans moi ? s'est enflammée Margot. Qui a eu l'idée des rencontres avec les artistes, des visites d'atelier ? Il serait déjà vendu et les artistes à la rue. Papa…

— S'il te plaît, ne mêle pas ton père à ça, l'a coupée sèchement Rose-Marie.

— Et pourquoi ? Lui aurait compris, il savait vivre…

— DEHORS ! a ordonné Diane.

Margot a haussé les épaules et elle est sortie en claquant la porte. Le moteur de sa voiture a rugi, le gravier a explosé : bras d'honneur ?

— Et maintenant ? ai-je demandé.

Rose-Marie a tourné ses yeux vers moi. Avait-elle pleuré ?

— On fait en sorte qu'un tel impair ne se renouvelle plus, a-t-elle répondu d'une voix lasse. On embauche quelqu'un pour contrôler les entrées. Plus personne ne pénètre dans le hall sans son aval. Je connais un homme de confiance, un peu âgé mais qui sera efficace.

Elle s'est levée et s'est éloignée, portable à la main. Je me suis tournée vers Aude, tendue au bord de son fauteuil.

— Ton mari ne t'a pas demandé de le suivre ?

— Je n'étais pas en tenue, a-t-elle répondu avec un rire bref. Et, de toute façon, Joseph m'en aurait empêchée. Cette brute m'a tendu un piège : soi-disant cloué au lit avec le rhume des foins.

— Minable, a résumé Diane.

— Il a juré de se venger, à ton avis comment ? ai-je poursuivi.

— À mon avis, il a déjà commencé ! « Voyez ce que ma femme m'a fait » mi-pipelette, mi-perroquet, député. Sans compter que la couleur de Joseph n'a pas dû arranger les choses. Ce qui est bon pour monsieur… Avec un peu de chance, il va s'envoler vers son île pour s'y faire consoler.

Rose-Marie revenait, un léger sourire aux lèvres.

— M. Paul est en route, prêt à veiller jour et nuit sur Fortjoie.

« M. Paul » ? Diane et moi avons échangé un regard : inconnu au bataillon. Et, déjà, la présidente passait à l'offensive suivante, comme ragaillardie.

— Réunion avec les peintres durant la pause-déjeuner. Aude, serait-ce trop vous demander que de rentrer chez vous et tenter de voir où en est votre mari, le raisonner peut-être ?

Elle s'est éclairci la gorge.

— N'est-il pas possible qu'il ait mal vu ? Que la colère lui ait fait exagérer les choses ? Si vous y réfléchissiez ?

Vers midi, la première voiture de traiteur a livré les plateaux-pique-nique Lucullus. Les repas se prendraient très certainement dans le parc. Il faisait chaud, très chaud, orageux. Ciel assorti au climat de cette matinée ?

Un peu plus tard, une antique automobile noire s'est garée à l'ombre d'un marronnier. Un homme en est sorti, massif, épais cheveux blancs, costume noir, cravate. M. Paul ? Rose-Marie s'est précipitée. Ils se sont embrassés. Je ne sais pas pourquoi, j'ai mieux respiré, comme si, avec lui, un peu de papa revenait. Ça irait.

*

Dans le salon, la pendule-Cupidon vient de sonner la demie de 13 heures. Les voilages ont été tirés. À l'extérieur, ni rires ni plaisanteries : manquent les principaux acteurs.

Bien sûr, alertés par les vociférations de Guy Ardoin, Enzo, Ladislas et Vincent ont compris ce qui s'était passé. Rose-Marie s'est contentée de leur résumer la situation : après que le député a trouvé sa femme, quelque peu chiffonnée, en compagnie de Joseph, le sang lui est monté à la tête. Nous craignons que, pour se venger, il ne déclenche un scandale, cherche à compromettre le château. C'est pour prendre leur avis que nous les avons réunis ici.

Tandis que Rose-Marie parlait, le regard anxieux de Vincent ne l'a pas quittée. Ladislas semble, lui aussi, inquiet. Nos deux fragiles... Un sourire ironique aux lèvres, Enzo joue les indifférents. Joseph est resté debout. Il se tourne vers la présidente.

— Je suis désolé, madame. Si cela peut arranger les choses, je suis prêt à dégager.

— Dégager ? proteste Rose-Marie. Te rends-tu compte que ce serait avouer ? Et avouer quoi, grand dieu ! Que certains modèles prennent un peu de bon temps en ta compagnie ? Où est le mal ?

— Et si tu « dégages », comme tu dis, renchérit Diane, pourquoi tes amis ne te suivraient-ils pas ? Et, pendant que vous y êtes, on pourrait également arrêter les visites d'ateliers. Pourquoi pas vendre le château ? C'est ce que tu veux ?

Un instant interdit, Joseph reprend contenance. Un léger sourire détend son visage.

— Moi, je ne veux que le bien de Fortjoie ! Je ferai comme vous voudrez.

— Cela veut dire qu'on continue ? intervient Ladislas, plein d'espoir, tandis que Vincent fixe Rose-Marie avec surprise.

— Un peu de patience, le tempère Diane. Nous devons d'abord parler aux dames de ce qui s'est produit ce matin. La peur du scandale pourrait amener certaines à renoncer. N'oubliez pas que nous avons déjà dû faire face à quelques défections. Dont la célèbre Éléonore Malandrin.

« La Malandrine... » Un rire court, qui fait du bien.

Et voilà que, dans le hall, comme pour le souligner, retentissent les voix joyeuses des « dames de 14 heures ». Diane se lève.

— Tous ici en fin de journée. D'ici là, pas un mot sur « l'impair » de ce matin.

Joseph aura le mot de la fin : dans la Bible, celui qui portait son nom n'était-il pas appelé « le silencieux » ?

37

À 15 heures, Aude a appelé de chez elle : aucune nouvelle de son mari. Hélas non, il n'était pas allé se faire consoler dans son île comme elle l'avait, un instant, espéré : le contenu de son sac de voyage était éparpillé sur le plancher de sa chambre.

Pour tromper son attente, elle y avait farfouillé et mis la main sur un carnet empli de prénoms féminins à consonance exotique, assortis de numéros de portables ; cela pourrait servir. S'il y avait du nouveau, elle nous en avertirait. Bien sûr, elle assisterait à la réunion de ce soir, quitte à se voir regardée d'un sale œil par certaines.

M. Paul, dont nous avions appris qu'il était un ancien gendarme, veillait au grain dans le hall. Nous nous étions réfugiées dans le « salon de compagnie » de Rose-Marie où Diane et moi tentions, sans grand succès, de travailler sur nos ordis. Vers 16 heures, c'est Gustave qui a appelé sa femme. Haut-parleur enclenché, elle nous a fait signe de tendre l'oreille.

D'une voix peinée, il lui a raconté l'intrusion de Guy Ardoin dans leur hôtel particulier ce matin, le député affirmant avoir surpris son épouse, une certaine Aude – était-ce bien cela ? –, dans les bras de son portraitiste. Devait-il le croire ?

— Rien qu'un gros câlin, mon chéri, l'a rassuré Rose-Marie. Joseph en est un peu trop coutumier.

Hélas, ce n'était pas tout, a repris Gustave. Ardoin affirmait avoir également surpris au château quelques dames dépoitraillées et il en avait conclu – pardon ma choute – que Fortjoie était devenu… un vaste lupanar. En vertu de quoi, il avait décidé d'en réclamer la fermeture pour « atteinte aux bonnes mœurs ».

Là, Rose-Marie n'a pu retenir un cri. Fermer le château ? Était-ce possible ?

Nous nous étions rapprochées. Diane a tourné un doigt sur sa tempe : du délire ! Devant l'émoi de son épouse, Gustave s'est engagé à tout faire pour contrer le député et lui conserver son cher Fortjoie. Rose-Marie pourrait-elle rentrer un peu plus tôt ce soir afin qu'ils en discutent ?

Toujours est-il que cet abruti de vert avait réussi à lui gâcher sa journée à l'hôtel de ville, a-t-il conclu avec un gros soupir.

— Ton discours ? a compati Rose-Marie.

— Oublié à la maison, a-t-il avoué.

À 17 h 30, Odette Lepeu a appelé et a demandé à parler à Diane. Celle que nous surnommions affectueusement « bonne-maman » a déclaré d'une voix tremblante avoir appris par Agnès Berthelot ce qui s'était passé ce matin au château. Elle arrêtait là ses séances de pose. Elle ferait prendre sa toile le lendemain, refusant d'être mêlée, en aucune façon, au scandale.

Diane n'a pas insisté : Odette, la première d'une longue série ?

Vers 18 heures, c'est moi que Margot a appelée. OK, elle reconnaissait son erreur, en laissant entrer Ardoin dans l'atelier de Joseph, elle avait fichu le bordel à Fortjoie, pardon, pardon. Mais, face à la tourmente, ne fallait-il pas reformer l'union sacrée ? Pouvait-elle venir ce soir ? Elle avait une idée.

Autorisation accordée : à condition qu'elle ne l'ouvre pas.

À 18 h 30, peintres, modèles et autres amies de l'association emplissaient le salon.

*

C'est Diane qui a exposé le problème. Elle l'a fait sans détours afin que tous et toutes en comprennent clairement les enjeux. Ce matin, le secret des ateliers avait été violé par Guy Ardoin durant l'heure de pose de sa femme, « notre Aude », ici présente. Il avait cru la voir en position compromettante avec Joseph. Il soupçonnait d'autres modèles de se livrer à des actes licencieux avec les artistes. Aveuglé par la fureur, il avait décidé de porter plainte, obtenir la fermeture du château. Nul n'ignorait sa faconde, inutile de se voiler la face, dans les vingt-quatre heures, tout Poitiers en ferait des gorges chaudes – sans jeu de mots.

On a tout dit sur le silence : lourd, épais, parfois bienfaisant. Celui qui a suivi l'exposé de Diane était comme une tempête prête à éclater : incrédulité, révolte, colère. Un orage qu'un cri, venu de là où on ne l'attendait pas, a libéré.

— Fermer Fortjoie ? Impossible !

Henriette, le regard tourné vers Vincent.

A suivi une pluie d'applaudissements, dont ceux de la présidente, cachant son émotion. Seul Enzo, les yeux fixés sur la porte, gardait un visage fermé. Attendant Armelle ? Comment se faisait-il, en effet, que l'une de nos plus fidèles manque à l'appel ?

Puis Diane a laissé la parole à Rose-Marie. Celle-ci tenait à dire qu'elle comprendrait très bien que certaines dames se désistent, craignant les accusations, même infondées d'Ardoin. Ainsi, Odette Lepeu avait-elle appelé dans l'après-midi pour dénoncer son contrat.

Dans la consternation qui a suivi, une plainte s'est levée : Ladislas.

— Alors, c'est fini ? Elle reviendra plus ?

— C'est fini, mon enfant. Elle fera chercher son tableau demain, a compati la présidente. Mais nous sommes là.

— Méfiez-vous des froussardes « bonnes-mamans », a cru bon de commenter Sibylle, s'attirant des « hou » de reproche.

Rose-Marie a frappé dans ses mains : le moment lui paraissait venu de s'accorder un petit remontant, dont elle a avoué avoir, elle-même, grand besoin.

Quelques bouteilles de champagne sont sorties d'on ne sait où, venant d'on ne sait qui. Des coupes ont été heurtées. L'atmosphère retrouvait un peu de légèreté lorsque la porte du salon s'est ouverte à toute volée, livrant passage à Armelle frémissante, visage résolu, le pauvre M. Paul désolé, faisant des moulinets d'impuissance derrière son dos.

En trois enjambées, Enzo a été près d'elle. Il lui a tendu la main. Elle s'en est saisie. Rose-Marie a fait signe au vieux monsieur que tout allait bien et il s'est retiré. Sans lâcher la main d'Enzo, Armelle a rejoint la présidente. Elle s'est tournée vers l'assemblée.

— Mon mari a reçu cet après-midi la visite de Guy Ardoin à sa banque. Celui-ci a accusé sa femme, ainsi que quelques autres modèles, de se livrer à des turpitudes avec les peintres.

— Nous sommes au courant, chère Armelle, a soupiré Rose-Marie. Mon époux lui-même…

— Ce que vous ignorez sans doute, c'est que Guy Ardoin a pris une photo du tableau dans le hall. Il menace de communiquer à la presse les noms de celles qui y figurent ainsi que celui de leur portraitiste. Dans le but, avoué, de « faire tomber le château ». On peut imaginer le scandale, la colère de certains maris. Je suis venue vous en avertir.

Elle a eu un sourire courageux : « Au risque de me brouiller avec le mien. »

Un silence accablé a suivi. Silence de mort : mort de Fortjoie ?

— Et eux ? a lancé une voix révoltée. Eux ? Se privent-ils de se distraire ailleurs qu'à la maison ?

Les avons-nous, pour autant, menacés de livrer leurs noms à la presse ?

— N'oubliez pas qui est Ardoin, a rappelé une voix timide. Député quand même. Il pourrait être écouté par certains…

— Fortjoie ne sera pas fermé, vous pouvez compter sur moi ! a tranché Enzo.

La première fois qu'il s'exprimait depuis le matin. Et quand il s'est tourné vers Armelle, on a eu l'impression qu'il n'avait parlé que pour elle. Elle l'a remercié d'un sourire. Un frissonnement d'émotion a parcouru le salon et, comme un peu plus tôt pour Henriette, on a eu envie d'applaudir.

— L'Auberge du Cygne noir, je suppose que ce nom est connu de toutes, ici, a-t-il repris d'une voix gouailleuse. L'endroit où ces beaux messieurs vont chercher de la chair fraîche. J'ai une amie qui y travaille. Si je la lui réclame, elle me remettra la liste des clients.

« Le Cygne noir »… Une amie qui y travaille… Enzo venait-il de nous livrer un peu de son passé ?

— Noms contre noms, fermeture contre fermeture.

— Puisqu'on nous y oblige, a soupiré Rose-Marie.

Elle s'est tournée vers Aude qui se faisait toute petite dans un coin du salon.

— Ma chère Aude, pourrez-vous vous charger d'en parler à votre mari ? Bien que, comme chacun sait, le « Cygne noir » n'ait pas ses préférences.

38

Le beau Guy

9 heures du soir, 21 heures, voilà l'heure à laquelle Aude était rentrée ! Alors qu'il se rongeait les sangs, qu'il envisageait de signaler sa disparition à la police : n'arrive-t-il pas que le remords vous pousse à des extrémités ?

La longue attente, adoucie par un petit verre de pineau des Charentes, l'avait incité à réfléchir : Aude, son épouse malgré tout, la mère de leurs garçons. Un geste d'elle, un « pardon », même murmuré, la promesse de ne plus revoir ce Joseph, le retour au lit conjugal, et peut-être se laisserait-il fléchir, la reprendrait-il.

Et voilà qu'elle lui revenait, son foutu médaillon comme un étendard à son cou, menton en avant, de la colère plein les yeux, l'écume aux lèvres.

— Alors chéri, ce rhume des foins, guéri ?

Et, sans lui laisser le temps de répondre : « Mis à part Gustave de Courlet et Anselme de Brézé, sur quelles épaules es-tu allé pleurer ? Qui as-tu menacé ? »

Un comble ! C'était elle qui accusait ! Comme s'il ne l'avait pas surprise ce matin, nue, dans les bras d'un Antillais.

S'il y avait une chose que le métier avait apprise au député, c'était à reconnaître d'emblée la couleur d'une peau. Voyez La Réunion ! Toutes les nuances : blanc, café au lait, café, voire chocolat, pouvaient être présentes au sein d'une même famille en une harmonieuse et active collaboration. Alors que, aux Antilles, tous chocolat ! De tempérament nonchalant, pour ne pas dire flemmard. Considérant la France comme un pays colonisateur, bonne excuse pour le coloniser à leur tour.

« Tous frères, toutes sœurs »... s'était écriée sa femme. Plus ou moins, quand même ! Et, il le reconnaissait volontiers, il avait eu un choc en découvrant que son peintre venait de ces îles. D'autant qu'elle s'était bien gardée de lui en parler. Eh oui, il avait jugé de son devoir d'avertir l'ancien préfet de ce qui se traficotait sous l'autorité de sa Rose-Marie. Idem pour Anselme de Brézé, dont il avait croisé au château la femme dépoitraillée.

De tout temps, les porteurs de mauvaises nouvelles se sont fait jeter, voire trucider par ceux qui refusent de voir la vérité. Lui, face à l'attitude arrogante de ces nobliaux, avait décidé d'éliminer Fortjoie, preuves à l'appui, avec la photo du tableau qu'il avait eu la présence d'esprit de flasher avant même de voir ses soupçons confirmés.

Mais voilà qu'Aude le bouscule, s'introduit dans sa chambre, pointe le sac défait sur le plancher.

— Et toi, le « beau Guy », rien à te reprocher ? Blanc comme neige ?

Lui, elle sait bien qu'il ne se livre qu'à du picorage ici et là, en quelque sorte les petites primes du métier. N'en ont-ils pas déjà parlé ? N'a-t-elle pas, par son silence, accepté ?

— Mais qu'est-ce que tu veux à la fin, soupire-t-il, lassé.

— La photo !

C'est donc ça. Il comprend mieux. Le sieur de Brézé a parlé. Ça doit claquer des dents à Fortjoie. Il reprend confiance.

— Volontiers. Sache seulement que j'ai fait un tirage-papier. Agrandissable à volonté.

Sans se démonter, du doigt, elle pointe à présent son répertoire, son « carnet de bal », comme il a la faiblesse de l'appeler.

— Et, moi, j'ai recopié tes pattes de mouche sur Internet. Agrandissables à l'infini.

La moutarde lui monte au nez.

— Et après ?

— Bonne question ! Après, tes demoiselles de La Réunion se feront un plaisir d'avouer de si gratifiantes relations. Alors que, sans témoins et sans preuves, les dames de ta photo ne se priveront pas de porter plainte pour diffamation et atteinte à la vie privée.

A-t-il bien entendu ? Oserait-elle ? Caressant son médaillon, souriante, elle attend. Et il lui semble soudain que la rose hétaïre et elle ne font qu'un pour le narguer. La rage l'étouffe.

Durant sa longue carrière de député, Guy Ardoin a subi des sièges. Abusant de leur pouvoir, gendarmes ou policiers l'ont traîné par ses vêtements ou ses cheveux sans qu'il réagisse. Stoïque, il a pleuré sous les jets de gaz lacrymogène. Pour la première fois de sa vie, il a envie de frapper plus faible que lui, une femme. SA femme.

Il résistera. À défaut, il se le jure, il aura la peau du château.

39

Anselme de Brézé

Ce désastreux lundi s'était finalement terminé en beauté. À la demande d'Anselme, son épouse était là, dans le calme salon de leur hôtel particulier, éclairé par le soleil déclinant, lorsqu'il était rentré, passablement énervé par les sifflements du moustique vert.

Rien qu'à la voir, grande dame aux cheveux retenus en arrière par deux peignes d'écaille, maquillage discret, maintien parfait, ses inquiétudes s'étaient dissipées. Lorsqu'il lui avait raconté l'intrusion d'Ardoin à la banque, puis dans son bureau, osant se servir du nom d'Armelle pour forcer le passage, elle n'avait pas semblé plus étonnée que cela. Le député n'avait-il pas, un peu plus tôt, investi le domicile du pauvre Gustave de Courlet pour lui jeter à la figure que le château où sa Rose-Marie œuvrait était devenu, pardonne-moi Anselme, un « vaste lupanar » ? Et ceci au prétexte qu'il avait cru voir sa femme dans les bras de l'un des artistes hébergés à Fortjoie.

« Cru voir »… C'était bien ce qu'il pensait : pure affabulation.

Lorsqu'il avait demandé à Armelle si elle se trouvait bien sur les lieux le matin et s'il était exact qu'elle posait pour le dénommé Enzo, sa réponse avait été toute aussi nette et détachée. Elle avait même souri : Anselme la connaissait, la difficulté l'avait toujours attirée. Comme lui, d'ailleurs, qui se plaisait à dire qu'une vie sans combat manque de relief.

Pour en finir avec le sujet, il lui avait raconté qu'Ardoin, avant qu'il ne le flanque à la porte, avait eu le culot de brandir sous son nez une photo représentant un tableau où le nom d'Armelle, ainsi que ceux d'autres dames de Poitiers, figurait sous ceux des artistes, menaçant de s'en servir pour faire tomber le château, rien que ça !

Et là, Armelle s'était cabrée, l'indignation avait succédé au calme. S'il produisait cette photo, Ardoin s'attaquerait directement à l'organisatrice des séances de pose, Rose-Marie. Et, s'il y avait scandale, elle en serait la première victime. Produire le nom des modèles, mon dieu ! Elle devait en avertir tout de suite leur amie.

Et, avant qu'Anselme en soit revenu, elle avait quitté la pièce, il entendait sa voiture démarrer. Quelle énergie !

On aime à dire qu'elle se communique. Et sa femme ne venait-elle pas de lui rappeler que, sans combat, la vie n'a pas de relief ? À peine avait-il hésité à former le numéro du « Cygne noir ». Candie était-elle encore disponible ? « Pour vous, toujours ! », lui avait-on répondu. Et de relief et belle énergie, il n'avait pas manqué dans la suite dite « de l'Empereur ».

*

Mardi, Francfort, mercredi, Londres. Jeudi, en fin de matinée, attendu par son chauffeur à sa descente de train, Anselme a décidé de passer par la maison pour y poser son sac de voyage et se rafraîchir avant de se rendre à la banque.

Une mauvaise surprise l'attend. En première page de *La Nouvelle République* s'étale le nom de Fortjoie, précédant une interview du député où celui-ci accuse, en termes à peine voilés, le château d'être un lieu de rencontres galantes entre peintres et modèles. Il réclame une enquête, cela sent la vengeance à plein nez. Aucune illusion à se faire, la rumeur se propageant, dès ce soir Poitiers entrera en ébullition. Pas question que sa femme soit mêlée à ça !

Il est près de 13 heures, Anselme interroge le personnel : « Madame doit-elle rentrer déjeuner ? » « Oui, monsieur. » Eh bien, que l'on rajoute un couvert et un flacon de vin, il partagera son repas !

Passant devant la chambre de sa femme, il constate que la porte est entrouverte, hésite. Jamais, jusque-là, il ne s'est permis d'y entrer en son absence. Il peut lui faire confiance pour avoir les mêmes scrupules concernant la sienne. Instinct ?

Prescience ? Il pousse la porte du pied et demeure interdit.

En face du lit, un tableau. Fond gris traversé par une sorte de chevelure. Bleue. Frangée de doré. S'approchant, il peut lire en bas du tableau, elle, bien visible, la signature du peintre : Enzo.

De qui se moque-t-on ? Voilà donc le fameux portrait commandé par Armelle ? Armelle réduite à une chevelure de Gorgone ? Comment a-t-elle pu accepter une telle humiliation ? De colère, il en rirait presque : encore heureux qu'elle n'ait pas suspendu la grande œuvre au mur de leur salon. Il imagine les réflexions : « De quoi s'agit-il ? » « Mais de mon épouse, naturellement. »

Et justement la voilà. D'émotion, il ne l'a pas entendue arriver. Souriante, sans s'offusquer de sa présence dans sa chambre, elle lui tend la main. Il la baise. Sa main, son front, parfois une joue, depuis combien d'années s'est-il limité à ces brefs effleurements ?

Elle désigne la toile :

— Alors ?

— Peux-tu m'expliquer ce que cela représente ?

— Mais la chevelure d'une comète, la trace que son passage laisse dans le ciel.

— Et cela te plaît ?

— Beaucoup ! De la peinture moderne, Anselme. Des… fulgurances.

Elle jette son sac sur le lit, retire sa veste. Lui connaissait-il cette robe couvrant à peine le genou ? Bas fins, talons hauts, cheveux mi-longs blonddoré, retenus en arrière, tant bien que mal, plutôt mal que bien, par ses peignes.

— Fulgurances ou non, limiter ma femme à ses cheveux me paraît un peu réducteur, observe-t-il. Et je te préférais en chignon.

Sans répondre, elle quitte tranquillement la pièce. Il la suit. Nouveau aussi, ce parfum. Les voici dans la salle à manger, portes-fenêtres ouvertes sur le jardin, une belle matinée de juin. Elle regarde les deux couverts.

— Nous déjeunons ensemble ?

— Si tu n'y vois pas d'inconvénient.

— Au contraire.

Il attend que sa femme soit assise pour prendre place. Sur la table, salade composée, chiffonnade de parme, plateau de fromages et coupe de fruits rouges. Il fera avec. Maria est là, qui lui verse du vin. Il lui fait signe de les laisser.

— Et ce voyage ? s'enquiert posément Armelle. Londres ?

— Gâché à mon retour par la lecture de *La Nouvelle République.*

Elle soupire : « Nous avons vu ça. Et décidé de ne pas en tenir compte : un chantage minable. »

Elle se sert tranquillement de salade.

— Et que toute la ville s'empare du sujet, cela ne vous gêne pas ?

— Mais quel sujet, Anselme ? N'en avons-nous pas déjà parlé ? Les divagations d'un pauvre type qui s'imagine, sans doute à tort, trompé.

— « Sans doute » ? Voilà qui est nouveau.

— Nous attendons des preuves. Si nous en restions là ?

— Serais-tu en train de fuir, Armelle ?

— Le simple souci de ne pas te blesser.

— C'est en posant pour Enzo que tu me blesses. Même si je te sais attachée aux bonnes œuvres, raille-t-il.

— D'une bonne œuvre, on peut recevoir beaucoup en retour.

— Peut-être, mais j'aurais préféré que tu choisisses un peintre plus… de notre monde.

Sur le visage de sa femme, il voit poindre une irritation : touchée ? Elle se détourne, regarde au loin. Ne dirait-on pas qu'elle ne le voit plus ? Qui voit-elle ? Et la revoilà, sèche, cassante.

— Tu parles comme mon père, Anselme. Notre monde a changé.

— Peut-être, mais quoi qu'il en soit, ton Fortjoie résisterait mieux aux attaques, fondées ou non, sans ton Enzo. Si mes souvenirs sont bons, une gueule de petite frappe.

Armelle a repoussé son assiette. Son visage est glacé.

— La « petite frappe » m'a donné beaucoup de bonheur.

Que veut-elle dire ? Perd-elle la tête ? Il est temps de faire preuve d'autorité.

— Bonheur ou non, puis-je te demander, eu égard au nom que tu portes, de cesser tes visites au château ?

Elle jette sa serviette sur la table, se lève.

— Plaisir ou non, eu égard au nom que tu portes, puis-je te suggérer de cesser tes visites à l'auberge du « Cygne noir » ?

Pétrifié, il la regarde se diriger vers la porte. Avant d'en franchir le seuil, elle lève les mains, retire les barrettes qui retiennent ses cheveux. Ils croulent en lourdes boucles dorées sur ses épaules. Et, lorsqu'elle se retourne pour le défier, ce qui le frappe au cœur : sa beauté.

40

Luc Gaillard

Pour parler à Henriette, Luc avait choisi le dimanche de Pentecôte, à son retour de la messe où elle ne manquait jamais de se rendre en souvenir de ses très pieux parents. Il l'attendait dans le living, décidé à régler la question avant le déjeuner qu'il avait prévu de prendre chez un ami. Après quoi, ils se rendraient à un match de foot. Luc aimait ce sport où dominait la force de caractère. Voir ceux qui avaient la gagne – terme qu'il préférait à « la patate » – parvenir à entraîner leur camp à la victoire. L'un de ses rares regrets : n'avoir pu, dans son enfance, faire partie d'une équipe.

Lorsque sa femme était rentrée, jambes nues légèrement hâlées sous la jupe – une nouveauté, pas de bas, exposition au soleil –, il lui avait demandé de s'asseoir et de bien vouloir l'écouter jusqu'au bout sans l'interrompre. Par la suite, bien sûr, elle aurait la parole.

Docile, elle avait pris place sur un coin de canapé, après s'être servi un verre d'eau. Lui était resté debout, décidé à parler calmement, ne pas montrer son irritation, faire preuve d'indulgence, ce qui ne signifiait pas de faiblesse.

Voilà ! Alerté par la rumeur, chaque jour plus insistante, concernant le château de Fortjoie et qui laissait entendre que certaines bienfaitrices offraient leur vertu aux peintres qui y logeaient, et bien que, pas une seconde, il ne craigne pour celle de sa femme – là, il s'était autorisé un sourire – mais redoutant que, dans sa naïveté, elle se fasse, disons le mot, « gruger », il s'était permis de consulter ses comptes. Et là, quelle n'avait pas été sa stupéfaction en découvrant d'importants virements faits à l'association de Rose-Marie de Courlet. C'était son bon cœur qu'on arnaquait ! Aussi avait-il jugé de son devoir de mettre le holà.

Henriette avait-elle seulement pensé à ses parents ? Leur réaction en la voyant dilapider, pour un portrait, l'héritage confortable qu'ils lui avaient laissé, fruit du labeur de toute leur vie ?

Et, puisqu'on en parlait, où était le chef-d'œuvre ? Aurait-il bientôt le plaisir de l'admirer ? Et pouvait-il espérer que, celui-ci terminé, sa femme reprendrait ses activités en faveur de l'adoption, dans un cadre qui lui convenait mieux ?

Il en avait terminé.

— À toi, Henriette.

Lorsqu'elle lui avait demandé de l'écouter à son tour jusqu'au bout sans l'interrompre, il avait réprimé un sourire. Depuis quelque temps, sa femme semblait découvrir l'humour.

Pour commencer, elle tenait à le rassurer quant à la trop fameuse rumeur. Celui qui en était à l'origine, le député Guy Ardoin, n'avait pas le plus petit début de preuve pour l'étayer. Lorsqu'il s'était rendu au palais de justice afin de demander la fermeture du château pour atteinte aux bonnes mœurs, on l'avait poliment éconduit. D'autant que nul en ville n'ignorait que ses mœurs à lui… Quant à elle, si son avis intéressait Luc, elle pensait que chacun, chacune, a le droit de mener sa vie comme il l'entend. Et si, à Fortjoie, quelques jolies dames se livraient à des échanges approfondis avec leurs peintres, grand plaisir leur fasse, elle ne leur jetterait pas la pierre. Surtout que nombre de celles-ci se voyaient, sur ce plan, délaissées par leurs maris.

Certes, l'argent rentrait à flots dans les caisses du château, mais sans aucune pression sur les donatrices. Des sommes qui permettaient aux sœurs de régler les droits de succession, entretenir les lieux et rémunérer les artistes. Sommes déclarées au centime près, pas la moindre fraude. Ce qui, avec la crise, n'était pas le cas de tout le monde, n'est-ce pas ? Luc lui-même ne s'autorisait-il pas, de son propre aveu, quelques petites tricheries, justifiées par une pression exagérée du fisc. Loin d'elle l'idée de le lui reprocher.

Ses chers parents, à présent ! Elle pouvait garantir à son mari qu'ils auraient applaudi des deux mains à la commande de son portrait, n'ayant à cœur que son bonheur ; il était bien placé pour le savoir. Et ce bonheur, oui, elle l'avait trouvé à Fortjoie.

Pouvait-elle lui faire un aveu ? À son arrivée au château, il paraît qu'elle faisait peine à voir et certaines l'appelaient, sans méchanceté : « La pauvre Henriette. » Et voilà qu'elle avait trouvé là-bas, bien davantage que « le cadre » qu'il venait d'évoquer : des amies ! Des femmes pleines de joie, d'entrain, d'appétit de vivre, rien à voir avec les douairières frustrées, pourvoyeuses de ragots, qu'elle fréquentait dans sa vie associative. Et ces femmes, ces sœurs, pouvait-on dire, lui avaient permis d'améliorer l'image qu'elle se faisait d'elle, de se voir autrement, de sortir d'un peu trop de gris. Voilà que, dans les yeux des autres, elle ne lisait plus la pitié ou l'indifférence. Il lui arrivait même parfois, ô merveille, d'avoir l'impression de plaire. Et Enguerrand ne s'y était pas trompé : Luc se souvenait-il de la façon dont il l'avait complimentée et encouragée à poursuivre à Fortjoie, se réjouissant sincèrement de son épanouissement ?

À propos de ce fils, compréhensif et généreux, qualités si rares, elle ne dirait jamais assez à son mari sa reconnaissance d'avoir exaucé son vœu le plus cher en le lui donnant. Et, même si elle avait espéré agrandir plus encore la famille, elle avait parfaitement compris que, son contrat rempli, Luc s'en soit tenu là. Ainsi lui avait-il permis, Enguerrand envolé, de s'envoler elle aussi à sa manière en s'inscrivant à Fortjoie.

Son portrait ? Il s'achevait. Elle espérait qu'il lui plairait. Il y trouverait tout le tendre effort de Vincent pour l'aider à sortir d'un deuil tant moral que physique. Et, en en payant le juste prix, elle était heureuse de pouvoir aider à son tour ceux qui lui avaient permis de se trouver elle-même.

C'est pourquoi, elle n'avait aucunement l'intention de quitter Fortjoie. Le tableau terminé, sans doute poserait-elle pour l'un des autres peintres afin de comparer leur manière, et, que son mari se rassure, sans mettre sa vertu en danger. À propos de vertu, elle voulait le remercier de ne pas s'être éparpillé, comme certains, au risque de l'humilier, ne « succombant », ainsi qu'il le lui avait confié, que rarement et pour une question d'hygiène. Confidence pour confidence, pouvait-elle se permettre de lui rappeler le sage précepte de Platon ? « Une vie réussie est celle où cœur et corps sont en harmonie. »

Enfin, elle connaissait l'accord passé par Luc avec ses parents, ceux-ci craignant pour elle la solitude : ne jamais demander le divorce. Accord parfaitement tenu, merci. Mais, pour sa part, Henriette n'avait rien signé de tel, aussi, s'il tentait de l'empêcher de fréquenter Fortjoie ou s'il cherchait à intervenir dans ses comptes, ce divorce, elle n'hésiterait pas à le demander.

Le mari de l'une de ses nouvelles amies était avocat. Qu'il soit rassuré, elle prendrait tous les frais à sa charge.

41

Gustave de Courlet

Il était tellement désolé, vraiment ! Depuis le matin, il se rongeait les sangs à l'idée de devoir annoncer à sa femme, sa Rose-Marie, une si mauvaise nouvelle. Mais le préfet ne lui avait pas laissé le choix, Gustave pouvait même dire qu'il s'était fait remonter les bretelles.

Tout ça à cause de cet Ardoin qui, ayant échoué dans son projet de fermeture du château pour atteinte aux bonnes mœurs, s'employait jour après jour à le discréditer avec l'aide de la presse à ragots et des réseaux sociaux. Ce député de merde – pardon, c'est la colère – qui laissait entendre que la présidente de l'association ne pouvait ignorer les relations brûlantes entre peintres et modèles. En somme, toi ma choute, patronne de bordel !

Bref, craignant que l'hôtel de ville ne soit éclaboussé par le scandale, le préfet l'avait sommé d'obtenir de sa femme qu'elle cesse toute activité à Fortjoie. À défaut de quoi…

— Il se passera de mes services. Mis à la porte, viré comme un vulgaire employé. Voilà, tu sais tout, ma chérie.

Ouf, c'était dit ! Et bien dit ! Gustave a sorti son mouchoir et il s'est épongé le visage. Contrairement à ce qu'il avait redouté, Rose-Marie ne l'avait pas interrompu, ni indignation, ni larmes, le pire. Elle l'avait écouté jusqu'au bout, ses yeux cachés sous des lunettes noires, immobile dans son fauteuil d'osier à haut dossier – « style Emmanuelle », s'amusait-elle – sous la charmille, leur coin favori de jardin.

Il s'est soulevé pour rapprocher son siège du sien et il a continué, précautionneusement, sur la pointe de la voix.

Bien sûr, elle connaissait l'importance pour lui de son travail à l'hôtel de ville, fût-il épisodique : sa respiration, sa vie ! Évidemment, s'ils avaient eu le bonheur d'avoir une descendance, tout aurait été différent. Autour d'eux, tiens, pourquoi pas maintenant, courraient bambins et bambines sur lesquels il aurait pu reporter ses rêves, ses ambitions. Et surtout, ma choute, ne crois pas que je te reproche de n'avoir pu m'en donner, la nature est la nature, il faut savoir l'accepter. Mais devoir t'annoncer ça le jour de la « fête des Pères », c'est vraiment le bouquet. Ceux qui disent que le hasard fait bien les choses devraient réviser leur copie.

« Dès demain, votre épouse devra m'envoyer sa démission », avait insisté lourdement le préfet. Ah, Gustave pouvait facilement imaginer son chagrin lorsqu'elle annoncerait la nouvelle à ses amies. Au moins pourrait-elle remettre en toute confiance les rênes de son association à Diane, une femme remarquable ! Ça durerait ce que ça durerait, rien n'est éternel.

— Et, pour te consoler, écoute-moi bien : en juillet, je t'enlève ! Une croisière Italie-Grèce où tu pourras admirer ces œuvres d'art que tu apprécies tant ! Sans vouloir te vexer, des tableaux de maîtres, pas de débutants.

Il a désigné le plateau préparé par Mercédès sur la jolie table en fer à trous-trous, pas du vilain plastique de supermarché : jus de fruits, porto, bourbon, et même quelques amandes à grignoter : bon pour la mémoire. Voulait-elle qu'il lui serve un doigt de porto ? Bien sûr, il n'était que 17 heures mais ne faut-il pas parfois savoir déroger à la règle ?

Et enfin sa Rose-Marie est sortie de son silence.

Après avoir relevé ses lunettes sur son front, dévoilant ses beaux yeux bleus – légèrement embués ? – elle a dit :

— En effet, il faut savoir déroger à la règle, mon Gustave. Ce sera donc un bourbon pour t'accompagner. Avec un peu de jus de fruits.

Décidément, elle l'étonnera toujours ! Son bourbon, il le lui a servi avec du jus de pamplemousse, son préféré. Le sien, *on the rocks*. Et lorsqu'elle a levé son verre pour trinquer – quel cran ! –, il en a été tout remué.

— Alors, tu me pardonnes ? s'est-il entendu demander.

— Mais te pardonner quoi ? a-t-elle protesté.

Il s'était toujours montré le plus délicat et compréhensif des maris. Jamais, il n'avait pesé sur elle, ni tenté de restreindre sa liberté. Et elle était la première à comprendre l'importance pour lui de son travail à l'hôtel de ville puisqu'il en était de même pour elle avec ses activités à Fortjoie. Et c'était bien pourquoi elle était tellement, tellement désolée de ne pouvoir accéder à sa demande. Ni demain, ni jamais, elle n'abandonnerait le château. C'était tout simplement impossible.

— Je t'en prie, mon Gustave. Ne me demande pas pourquoi, je m'en voudrais de te blesser.

Comment ? A-t-il bien entendu ? Non seulement sa femme refuse d'obtempérer à l'ordre du préfet, mais en plus elle prétend lui en cacher la raison ? Un secret ? Alors que lui, en quarante années de mariage, s'est montré d'une totale transparence.

Mais c'est en se taisant, imaginant qu'il ne peut pas tout entendre, tout comprendre, qu'elle le blessera. Et, puisque c'est comme ça, il ne quittera les lieux que lorsqu'elle aura parlé, quitte à attraper la mort en passant la nuit sous la charmille.

— Es-tu bien certain, mon chéri ? a-t-elle insisté.

Il s'est calé résolument au fond de son fauteuil.

— Dois-je me répéter ?

Elle a pris une profonde inspiration, saisi sa main, serré ses doigts. Ça s'annonçait mal.

— Si je ne peux pas abandonner Fortjoie, c'est que j'y ai un fils.

Mon Dieu, quel soulagement ! Comme s'il ne le savait pas. Et même quatre fils, autant de peintres que ce vieil Aymar abritait.

— Mais non, Gustave, un vrai ! Et puisque tu parles d'Aymar, se trouve là-bas l'enfant que nous avons eu ensemble il y a vingt-trois ans : Vincent.

Là, elle y va fort quand même. A-t-elle oublié le cruel verdict des médecins ? Vincent... Comme par hasard, l'un des peintres de son cher Fortjoie. Les derniers événements lui ont porté sur le système, un système fragile, les femmes. Et elle n'est plus toute jeune non plus, la soixantaine passée.

— Et cet enfant, tu l'aurais eu sans que je m'en aperçoive ? a-t-il demandé tendrement.

Elle a soupiré.

— Souviens-toi, mon Gustave, à l'époque tu étais préfet à plein temps, réclamé partout, si peu à la maison. Nous faisions chambre à part, ce dont je ne me plaignais pas, ayant peu de goût pour les choses de l'amour.

Au moins, là, elle dit vrai. Une éducation désastreuse chez les bonnes sœurs. Si peu de goût, la pauvrette, qu'elle n'avait vu aucun inconvénient à ce qu'il reprenne sa liberté, aille voir ailleurs.

— Alors, ce Vincent, l'enfant du Saint-Esprit, peut-être ? s'est-il permis de plaisanter pour la ramener sur terre.

Elle l'a regardé d'un drôle d'air, comme on regarde un enfant qui ne veut pas comprendre.

— Déjà, je m'intéressais à la peinture. Grâce à toi, j'avais pu organiser une exposition à l'hôtel de ville, tu t'en souviens ? Un triomphe ! C'est là que j'ai fait la connaissance d'Aymar de Fortjoie. Entre nous, ça a tout de suite accroché.

« Accroché », ça veut dire quoi ? Quel besoin d'employer le langage « djeun ». On « accroche » au basket, à une musique, un spectacle. Et qu'est-elle en train de lui raconter ? Que pour l'épargner, ne pas risquer de nuire à sa carrière, Aymar et elle avaient décidé de cacher leurs amours, d'autant que lui aussi était marié et père de trois filles.

— Et voilà qu'à ma propre surprise, à plus de 40 ans, je me suis retrouvée enceinte…

S'il suit bien, elle cache le bébé sous ses jupes, passe les deux derniers mois de sa grossesse en Suisse, y accouche, revient en France, confie l'enfant à une nourrice non loin de Poitiers, à Châtellerault, afin de pouvoir le voir le plus souvent possible. Il grandit. À l'occasion, ils l'emmènent en vacances au loin, mais voyons ! Il fait l'école des Beaux-Arts à Poitiers, comme de bien entendu ! Et c'est à la sortie de cette école que l'épouse d'Aymar, cette pauvre Paulette, décédée, ils peuvent enfin l'accueillir au château.

« Enfin » ? Elle a bien dit « enfin » ? Belle mentalité ! Pendant qu'ils y étaient, pourquoi n'ont-ils pas mis un peu d'arsenic dans le café de « cette pauvre Paulette » pour hâter les retrouvailles ?

Du coup, il n'a plus hésité à mettre les pieds dans le plat.

— N'aurais-tu pas oublié un détail ? Ta stérilité ? Qui me dit que ce Vincent est bien de toi ? De vous ?

— Le registre de la clinique Saint-Sauveur, à Genève, où il est inscrit que j'y ai accouché d'un fils. Comme le gynécologue et son équipe qui m'ont aidée à le mettre au monde. Quant à Aymar, il a pratiqué là-bas tous les tests nécessaires afin d'établir sa paternité. Il n'y a aucun doute, mon pauvre Gustave.

La clinique « Saint-Sauveur » ? Hum ! Et cette voix compatissante, ce regard navré : « Mon pauvre Gustave »... Pourquoi pas « ce pauvre Gugus » comme l'appellent ses adversaires ? La colère l'étouffe.

— Et si, moi, je t'annonçais que j'ai un enfant, pourquoi pas deux, et que je te les ai cachés, que dirais-tu ?

— Pardonne-moi, mais j'aurais un certain mal à y croire. Ta charmante amie s'inquiétant de te voir oublier de te protéger a, sur mon conseil, soumis à analyses ce que tu lui... donnais si généreusement. Les résultats l'ont pleinement rassurée.

Un peu plus tard – il faut savoir en certains cas déroger à la règle –, Rose-Marie lui avait resservi un peu de bourbon, il ne savait plus très bien où il en était ni qui il était - une sorte de tsunami intérieur - il avait murmuré :

— Mais qu'allons-nous faire ?

Et là, il avait retrouvé celle qu'il aimait à appeler sa « régente ».

— TOUT pour que ton travail à l'hôtel de ville te soit conservé.

— Mais, et le préfet ?

Elle avait eu son petit rire insolent.

— Tu te souviens, bien sûr, de l'Auberge du Cygne noir ? Il fut un temps où tu y avais tes habitudes, ainsi que nombre de beaux messieurs de Poitiers ou d'ailleurs.

« Le Cygne », un établissement bien fréquenté, en effet. Mais un peu fatigant avec ces jeunettes qui en offrent et en réclament toujours davantage. La rencontre de Gustave avec la gentille et dévouée Léa avait réglé le problème.

— Eh bien, figure-toi que nous avons pu nous procurer la liste des clients. N'aie pas peur, pour toi, il y a prescription. Apparemment pas pour le préfet qui s'y montre très assidu. Imagine le scandale si cela se savait ! Si tu veux, je me chargerai de lui en parler.

42

Lorsque lundi matin, Rose-Marie nous a demandé de la rejoindre, toutes affaires cessantes, dans son salon de compagnie au château, nous avons craint le pire.

Il faut reconnaître que ça allait mal. En quelques jours, la crâne indifférence affichée face aux attaques répétées d'Ardoin dans la presse, se gardant de citer les noms pour n'être pas poursuivi, s'était lézardée. De nouvelles dames avaient suspendu leurs visites à Fortjoie dont les grilles étaient assiégées par les journalistes, malgré les efforts de M. Paul et d'amis à lui, anciens gendarmes appelés à la rescousse. Sans le noyau de fidélissimes : Armelle, Aude, Henriette, Sibylle et Agnès, sans doute aurions-nous dû interrompre les séances de pose qui, de toute façon, fonctionnaient au ralenti.

Fini, les rires étouffés derrière les portes des ateliers, les brûlantes confidences échangées le soir près de la pendule-Cupidon. Terminé le ballet des camionnettes-Lucullus à l'heure du déjeuner, parc désert. Où étaient la gaieté, la joyeuse effervescence, le doux parfum de volupté ?

Seule issue pour sauver l'œuvre de notre père : réduire Guy Ardoin au silence. Mieux, l'obliger à revenir sur ses attaques contre le château. Nous en avions trouvé le moyen grâce à Aude qui, de dégoût, avait quitté le foyer conjugal pour s'installer chez Sibylle : le menacer d'étaler au grand jour des comptes dont Diane n'avait pas mis longtemps à découvrir qu'ils étaient lourdement trafiqués. Si lourdement que, s'ils venaient à être connus, ils pourraient lui coûter ses plumes de député. Sibylle avait trouvé l'avocat qui représenterait le château. Ne restait qu'à obtenir le feu vert de la présidente.

Sur son visage, lorsqu'à 9 h 30 nous avons poussé sa porte, aucune panique, plutôt une sorte de gêne. Après nous avoir embrassées, elle a désigné un plateau.

— Café ? Jus de fruits ?

— S'il vous plaît, Rose-Marie, les faits d'abord, l'a priée Diane.

— Au moins, acceptez de vous asseoir.

Margot et moi avons obtempéré. Sans surprise, notre aînée est restée debout. Rose-Marie a pris place entre nous. Elle a jeté un regard sur le portrait de papa, au-dessus du lit. L'appelant à la rescousse ? C'était bien ça.

— Vous connaissez les liens qui nous unissaient, Aymar et moi… a-t-elle commencé.

Avant de s'interrompre.

Nous nous sommes regardées : si peu elle, ces atermoiements. Elle a fermé une seconde les yeux, respiré profondément : « Il en était un dont nous ne vous avions pas parlé : Vincent, notre fils, votre frère. »

Dans le silence qui a suivi, j'ai entendu ma voix : « Mais bien sûr ! » Mes sœurs ont opiné du bonnet.

L'émotion manifeste de papa, sa fierté, en nous présentant Vincent au printemps dernier : « Il sort de l'école des Beaux-Arts. » Bien sûr ! L'attention particulière que lui portait Rose-Marie, les fréquentes visites qu'il lui rendait dans ce salon, bien sûr ! Et aussi, plus récemment, la colère de notre présidente lorsque Margot s'était proposée à le « déniaiser »...

Alors, la mystérieuse vieille tante, les soupirs sur l'orphelin, père inconnu, mère disparue, du vent ? Vingt-trois ans ! On pouvait dire que papa et Rose-Marie nous avaient royalement menées en bateau, un si grand bateau, si phénoménal, qu'il nous avait bouché la vue et, disparaissant, nous laissait submergées, noyées sous les remous. Diane a attaqué la première.

— Merci ! Je suppose que nous n'étions pas dignes d'être mises dans le secret.

— Rappelez-vous l'extrême sensibilité de votre mère, elle en aurait beaucoup souffert, s'est défendue Rose-Marie. Et vous, étiez-vous prêtes à un tel choc ? Par ailleurs, mon Gustave était au sommet de sa carrière. Imaginez que cela se soit su ?

— Et « votre Gustave » n'a rien vu ? a ironisé Margot, oubliant tout respect.

— À l'époque, il voyageait beaucoup. Et, lorsqu'il était là, il avait tendance à regarder ailleurs. Ce dont Aymar et moi ne nous plaignions pas.

Elle nous racontait les deux derniers mois de sa grossesse à Genève, son accouchement dans une clinique discrète, l'enfant reconnu par papa : Vincent de Courlet de Fortjoie. Leur bonheur.

De retour en France, comme prévu, une nourrice, Madeleine, femme remarquable, avait pris soin de l'enfant.

— Vous connaissez son mari : M. Paul.

Bien sûr ! L'homme de confiance tout dévoué à Rose-Marie. Et à Vincent... Là non plus, nous n'avions rien vu.

Un bébé toujours souriant, un enfant sans problème, à qui Aymar et Rose-Marie n'avaient jamais caché qu'ils étaient ses parents. Un autre aurait peut-être fait des histoires, pas lui. D'autant qu'il était très attaché à Paul et à Madeleine, qu'il appelait ses « parents bis ».

Scolarisé sous le seul nom de « Courlet », nombreux dans la région, afin d'éviter d'attirer la curiosité, il avait fait de bonnes études. La suite, nous la connaissions : les Beaux-Arts puis son arrivée à Fortjoie au printemps dernier.

— Aymar et moi projetions de vous révéler notre secret à Noël.

Et, avant Noël, papa était parti.

— Et pourquoi aujourd'hui ? ai-je demandé.

Rose-Marie a soupiré.

— Figurez-vous que le préfet, inquiet des attaques portées contre le château, a menacé Gustave de se passer de ses services si je n'en claquais pas la porte. Je me suis vue obligée de lui expliquer la raison pour laquelle il m'était impossible de laisser tomber Fortjoie.

— Ouille, ça a dû faire mal ! a compati Margot.

— D'autant que le malheureux voulait ignorer que ma stérilité était de son fait ! Pour faire passer la pilule – pardon –, je me suis engagée à obtenir du préfet qu'il lui conserve son travail.

Elle nous a souri :

— Si vous voyez ce que je veux dire.

— Clair comme de l'eau de roche : « Môssieur étant un fervent du "Cygne noir" », a rigolé Margot. Merci, Enzo !

— À propos, Enzo et les autres, ils savent pour Vincent ? ai-je demandé.

— Certainement pas, vous les premières ! s'est récriée Rose-Marie.

Margot a sorti son portable.

— Et on attend quoi pour faire monter notre frère ? J'ai deux mots à lui dire.

— Une minute ! a ordonné Diane, sourcils froncés.

Quoi encore ? Diane, la reine des rabat-joie.

— Pardonnez-moi, Rose-Marie, mais il y a un détail qui m'échappe, là. Une bête histoire de succession. Le dénommé Vincent de Fortjoie n'a-t-il pas droit à une part du château ?

— Il est prêt à y renoncer.

— M'étonnerait que notre père soit d'accord. Pas plus que nous d'ailleurs, n'est-ce pas ?

Sous son regard autoritaire, nous avons acquiescé avec enthousiasme.

— Et que pense ce cher maître Barbier de la situation ? a poursuivi la conseillère en placements.

Rose-Marie a baissé la tête, confuse.

— Il y a des moments où on répugne à parler gros sous. Et tout est allé si vite, j'avoue avoir été prise de court. Sans oublier que Gonzague est également le notaire de mon Gustave… qui ignorait jusqu'à hier tout de mon intimité avec Aymar. Pardon ! Un vrai sac de nœuds. Bref, il ne sait rien pour Vincent.

Son visage s'est éclairé :

— À présent que mon mari est au courant, nous allons pouvoir y remédier.

— Succession au panier, tout à recommencer ! J'en connais un qui va être content, a laissé tomber Diane froidement.

— J'aimerais bien voir sa tête quand il apprendra, a renchéri Margot en se léchant les babines.

Rose-Marie a regardé sa montre :

— Tu n'auras pas longtemps à attendre, ma chérie. Nous avons rendez-vous à 15 heures dans son étude. Avec Vincent, bien sûr.

Elle s'est levée gracieusement et elle est allée décrocher le téléphone.

— Prêtes à embrasser votre frère, les filles ?

43

Sur le pas de la porte, semblable à lui-même, pas certain d'avoir le droit d'être heureux, mais la tête haute, Vincent a murmuré « pardon » et il a reçu trois sœurs sur sa poitrine. Pardon de quoi ? D'être le fils du grand et bel Aymar de Fortjoie et de la grande et classe Rose-Marie de Courlet ?

Non, bien sûr ! Mais pardon d'avoir gardé le silence si longtemps, caché ses sentiments, s'être, d'une certaine façon, joué de nous, même si ce silence était dû à un serment. Vraiment, nous ne lui en voulions pas ?

— Oh que si ! a lancé Margot. Et même, on te déteste.

— Et, en plus, on va devoir te donner une part de château, a osé Diane.

Moi, je me souvenais d'un méli-mélo de sentiments : affection, tendresse, amour ? D'un corps qui, de plus en plus, réclamait, « le » réclamait, d'une soirée où je m'étais un peu trop approchée et de son recul, une confidence au bord des lèvres :

« Pardonne-moi, Filippa, je n'ai pas le droit. » Et bien sûr, j'avais honte. Lui, me pardonnerait-il ?

Rose-Marie lui a servi à boire. Diane et Margot l'ont fait asseoir entre elles. « Viens », m'ont priée ses yeux et je me suis un peu rapprochée.

Il a répondu à trois ou quatre questions sur les dix mille que nous avions à lui poser, avant de se lever, demander pardon à nouveau : « Thérèse, son modèle de 10 h 30 devait être arrivée, il ne pouvait la faire attendre. »

— OK, mais, *please*, n'attends pas vingt-trois ans de plus pour remonter, a plaisanté Margot d'une voix brouillée.

Pouvions-nous laisser plus longtemps nos autres artistes dans l'ignorance d'une aussi somptueuse nouvelle ? Il a été décidé qu'une réunion extraordinaire se tiendrait au salon à l'heure du déjeuner. Bien sûr, le secret le plus absolu serait exigé. À ce propos, Margot a été priée de ne rien révéler à son Charles-Henri, une vraie pipelette ! Mais aussi un chevalier qui ne rêvait qu'à provoquer en duel l'infâme qui nous martyrisait. D'autant qu'il avait pratiqué l'escrime.

Papa affirmait avoir dans sa cave assez de bonnes bouteilles pour soutenir un siège. Notre présidente garde toujours dans un coin du réfrigérateur de quoi affronter un événement inattendu. Ragaillardir les convives s'il est mauvais, fêter les bons.

Pour garnir le buffet-déjeuner-révélation, elle a sorti foie gras et saumon fumé. Ne manquait au réveillon de Noël, lors duquel le secret aurait dû nous être révélé, que la dinde aux marrons, la bûche et les guirlandes. Alcool limité à un godet de vodka : pas question d'arriver pompettes chez maître Barbier.

*

Et c'est dit ! Vincent soutient bravement le regard de ses amis. Une « somptueuse nouvelle » ? Et si l'un d'eux en prenait ombrage ? Jalousait le fils de leur mécène ?

Joseph réagit le premier. Par un rire. Pensions-nous vraiment qu'il n'avait rien flairé ? Un visage, comme un tableau, c'est une atmosphère. Quand sur celui d'Aymar passait une ombre, il en trouvait le reflet dans les yeux de Vincent. Et la tendresse qui débordait du regard de Rose-Marie venait éclairer le visage du fils. Bien sûr, seulement des flashs, mais n'est-ce pas cela une ressemblance ? Une lumière qui répond à une lumière, une émotion à une émotion ? Joseph a, aujourd'hui, confirmation de ce qu'il pressentait sans pouvoir y mettre un nom. Bravo, Aymar ! Salut Vincent de Fortjoie !

Enzo, lui, c'est le port de tête qui l'a alerté. Cette façon, en toutes circonstances, de regarder le monde, les choses, d'un peu plus haut que les autres. Comme Aymar, Rose-Marie ou Armelle : un don reçu à la naissance. Mais attention, sans pour autant mépriser le « bas peuple » comme ces médiocres qui se poussent du col en pensant en imposer, n'imposant que leur morgue. Quant à la mystérieuse vieille tante, il n'y a jamais cru. Lui, pardon, les arnaques, il les sent à des kilomètres. Merci Aymar pour le cadeau. Salut, fiston.

Ladislas avoue n'avoir rien vu. Sans doute trop préoccupé par ses propres parents, ce sentiment de leur être étranger, d'être né dans le mauvais nid. Tout ce qu'il peut dire à Vincent, c'est qu'il aurait bien aimé avoir un père comme le sien.

— Aurais-tu oublié comment il vous appelait ? le reprend sévèrement Rose-Marie.

« Ses garçons. »

La fête vire un peu trop aux larmes, Ladislas a le don pour ça. Heureusement, Margot est là.

— Et moi, alors ? La ressemblance avec papa, personne la voit ? Le refus de s'attendrir sur son sort, aller de l'avant !

Elle se lève d'un bond :

— Vous, je ne sais pas, mais moi, j'ai faim. On attaque ?

44

Ce jour de fin septembre, si loin, si près, où nous nous étions rendues chez maître Barbier pour parler succession, nous avions, à notre sortie de l'étude, rejoint Rose-Marie à l'Auberge du Moulin, sur le Clain, où elle aimait aller souper avec papa. Voyant briller au loin la statue de Notre-Dame des Landes, nous nous étions étonnées qu'ils aient choisi ce lieu pour y fêter leurs amours : l'enfant dans les bras de la madone ne rappelait-il pas à Rose-Marie le drame de sa vie, sa stérilité ?

Naïves que nous étions, ils y fêtaient Vincent.

L'assistante de Gonzague Barbier nous a accueillis à la porte de l'élégante maison blanche adossée au chemin des Crêtes. Nous l'avons suivie, pas si fières ! Ne nous avait-il pas confié que, dans son métier, il fallait toujours se préparer au pire et que, sur ce plan, il avait rarement été déçu. Ce pire, ne nous apprêtions-nous pas à le lui offrir ?

« J'aimerais bien voir sa tête quand il apprendra », s'était réjouie Margot. Le plus étonnant, lorsque nous sommes entrées dans son bureau, entourant l'héritier-surprise, est que le notaire n'a fait aucune tête, qu'il est resté de marbre, ce bon marbre dont on fait les chevaliers.

Il a baisé la main que lui présentait Rose-Marie, serré les nôtres en terminant par Vincent, qui n'en menait pas large (bien que tenant la tête haute) et nous a priés de nous asseoir. Détail sur lequel nous n'avions pas fini de nous interroger : cinq sièges avaient été prévus, autant que de clients.

Après être passé de l'autre côté de son bureau en chêne massif, il a croisé les mains sur l'épais dossier préparé devant lui, puis il s'est adressé à Rose-Marie.

— Je vous écoute, madame.

Rose-Marie a esquissé un sourire-soupir, digne des meilleures comédiennes, et dans le silence religieux des livres de droit alignés sur les étagères, silence rehaussé par le grondement du monde se heurtant au double vitrage des fenêtres, elle a répondu :

— Permettez-moi, cher Gonzague, de vous présenter Vincent, le fils que nous avons eu le bonheur d'avoir, Aymar de Fortjoie et moi, il y a vingt-trois ans.

Croyez-vous que le « cher Gonzague » a froncé le sourcil ? Eu un battement de paupières, une crispation des lèvres exprimant la surprise ou la contrariété ? Rien ! Son regard s'est arrêté quelques secondes sur Vincent – qui avait cessé de respirer –, il lui a adressé un bref sourire, puis il est revenu à sa cliente.

— Nous aurons besoin des papiers attestant cette paternité.

Imperturbable, Rose-Marie a sorti une enveloppe de son sac et l'a tendue au notaire. Il en a tiré un feuillet qu'il a parcouru avant de nous le lire. Rose-Marie, Adélaïde, Aglaë de Courlet avait donné naissance à un enfant, de sexe masculin, dont le père était Aymar, Marie, Joseph de Fortjoie. Une date, deux signatures, un tampon, et le tour était joué : l'épais dossier renfermant le travail de maître Barbier, réduit à néant. Simplicité des grands bouleversements.

Cette fois, c'est à nous qu'il s'est adressé :

— Avez-vous l'intention de contester ce dont vous venez de prendre connaissance ?

Tournées vers Vincent, nous avons répondu d'un même « non ». Un « oui » malicieux dans l'œil de l'incorrigible Margot.

Le notaire a approuvé d'un hochement de tête. Il a remis le feuillet dans l'enveloppe, a glissé celle-ci dans le dossier.

— Vincent de Fortjoie, puis-je réclamer votre attention ?

Le ton solennel, le frémissement dans la voix, Rose-Marie n'était pas la seule à avoir un don pour le théâtre.

— Depuis quelque temps, de forts vilains bruits, que je me dispenserai de commenter, courent sur le château dont vous portez le nom, a-t-il scandé. Sachez qu'il est de votre devoir de veiller à ce que la réputation de votre mère, une grande dame, n'en soit en rien entachée.

Nous avions toujours soupçonné Gonzague Barbier d'être amoureux de Rose-Marie, la preuve venait de nous en être donnée. Amour aveugle. En aucun cas celle-ci, blanche colombe, ne pouvait être associée aux « forts vilains bruits » courant sur Fortjoie.

— J'y veillerai, s'est engagé le fils tandis que sa mère baissait modestement les yeux.

Après quoi, il a bien fallu rentrer dans le vif du sujet.

Désormais, nous n'étions plus trois héritières mais quatre héritiers, le masculin l'emportant encore dans le domaine qui était celui du notaire. Il allait devoir reprendre tout le dossier, repartir de zéro : avec le risque que le fisc, alerté par le brutal retournement de situation, n'en profite pour mettre le nez dans les comptes de l'association créée par Aymar, reprise par Rose-Marie.

— Qu'il l'y mette, il ne trouvera rien à nous reprocher, pas un centime au black, a réagi fièrement Diane.

— Ce dont je n'ai jamais douté, a protesté l'amoureux transi, main sur sa rosette de la Légion d'honneur.

En cas de difficulté, il connaissait quelqu'un à Bercy qui lui serait de bon conseil. Oui, il n'hésiterait pas à remonter jusqu'au sommet, nous pouvions être rassurées.

Il est revenu à la présidente dont les yeux brillaient de reconnaissance.

— Un dernier point, si vous le voulez bien, Rose-Marie. Votre époux, mon client et ami, est-il au courant… des événements passés ?

— Mais bien entendu, s'est-elle écriée. Et Gustave sait pouvoir compter sur votre discrétion.

*

La discrétion, l'un des socles du métier de notaire.

Autant de sièges que d'héritiers devant son bureau…

Pour Diane, jamais maître Barbier n'aurait été jusqu'à établir, sciemment, un faux dossier de succession. Il ne savait rien.

Pour Margot, l'amour peut mener celui qui en est victime aux plus dangereuses exactions.

Moi, je me souvenais du regard de Gonzague sur notre frère tandis qu'il lui confiait la réputation de sa mère. Regret ? Nostalgie ? Le fils qui aurait pu être le leur ?

Je n'ai jamais manqué d'imagination. Mes sœurs prétendent que je devrais écrire un roman. J'y songe.

45

Situation éclaircie, dès le lendemain la machine de guerre a été lancée.

Donnant-donnant, Diane a coincé Guy Ardoin à sa permanence. Elle lui a fait part du résultat de ses recherches sur ses comptes. Clientélisme, trafic d'influence, faux en écriture… l'embarras du choix. Sans compter quelques jolies personnes qui, à l'île de La Réunion, se feraient un plaisir de raconter comment le député les comblait de ses faveurs. À propos, qui acquittait les frais de ses nombreux voyages ?

Pour faire honneur à celle, chère au cœur d'Henri II, dont notre père lui a donné le prénom, Diane est prête à tous les combats. Elle a remporté la victoire haut la main. Les attaques d'Ardoin ont cessé. Mieux, il a présenté ses excuses à celles et ceux qu'il avait, un peu légèrement, accusés.

Donnant-donnant, comme promis à son Gustave, Rose-Marie est allée trouver le préfet. Non, elle ne venait pas plaider sa cause, mais l'avertir qu'une liste des clients de l'Auberge du « Cygne noir » était tombée entre de mauvaises mains. Dans cette liste apparaissait – qui l'eût cru ? – son nom ainsi que celui de la suite, dite « du Roi-Soleil », qui lui était réservée deux fois par semaine. Certainement un coup monté ! Mais si la presse s'en emparait, le grand commis de l'État pouvait imaginer les dégâts.

Son époux et elle se faisaient fort de clore le bec à l'odieux personnage et récupérer le papier compromettant, si tant est que le préfet leur en donnait mission.

Gustave a été reconduit dans ses fonctions. Pour sa part, Rose-Marie a eu droit à un bonus : la possibilité d'organiser une exposition dans le salon d'honneur de l'hôtel de ville. Ou comment déshonneur peut mener à honneur.

Donnant-donnant, afin de remercier sa femme d'avoir mené à bien la délicate entreprise, Gustave a consenti à ce qu'elle fasse désormais sa résidence principale du château afin de pouvoir veiller à sa bonne marche ainsi qu'au bien-être des artistes. En échange, elle se ferait une joie de le retrouver chez eux chaque fin de semaine.

Donnant-donnant, c'est tellement plus élégant que « chantage ».

Il n'en fallait pas davantage pour que Fortjoie redevienne le château des rires et du plaisir de vivre et d'aimer.

Quatrième partie

« PLAISIR D'AIMER »

46

Juin, selon le poète latin Ovide, nom venant de Junon, déesse de la Féminité, épouse de Jupiter, dieu du Ciel, de la Lumière, de la Foudre et du Tonnerre. Ovide qui, quarante-trois ans avant Jésus-Christ, avait écrit *L'Art d'aimer*, ce qui lui valut d'être banni. On n'a rien inventé.

Dans le parc de Fortjoie, la digitale pourpre, aux clochettes lippues, ploie sous le faix des pinsons. Les papillons s'en donnent à cœur joie du côté du verger en fleurs. C'est Paul – plus de « monsieur », n'est-il pas de la famille ? – qui nous a appris que l'un d'eux portait le nom de « belle dame ». Ses ailes sont délicatement poudrées de brun, jaune et rose, on le voit souvent voleter autour d'une plante appelée « nombril de Vénus ». La nature est notre maître.

Je ne me lasse pas d'interroger l'ancien gendarme sur l'arrivée d'un bébé appelé Vincent dans la maisonnette, à Châtellerault, qu'il partageait avec sa Madeleine, arrachée à lui, il n'y a pas un an, par un cancer foudroyant et dont il ne parle que des larmes au bord des paupières. Un gendarme, ça pleure aussi et l'arme qu'il porte au côté fait peser ses larmes plus lourd.

Elle était couturière à domicile et, avec l'arrivée du prêt-à-porter, elle manquait de clients et cherchait à garder des enfants. Un beau jour de printemps, une dame avait sonné à « L'Ancolie » et, la main délicatement posée sur son ventre en un geste de protection, lui avait demandé si elle accepterait de s'occuper du petit qu'elle portait, un garçon, jusqu'au jour où elle aurait le bonheur de pouvoir s'en charger elle-même.

Par qui madame de Courlet avait-elle appris que, des garçons, Madeleine en avait eu trois auxquels elle et son mari avaient donné tout l'amour et les soins nécessaires pour les caler dans leur vie ? Qui avait ajouté qu'elle saurait se montrer discrète ? Ils ne l'avaient jamais su mais, dans le regard de la future mère, il y avait tant d'attente, d'anxiété, d'espoir, que Madeleine avait dit oui sans hésiter.

Le temps qu'ils remettent à neuf la chambre d'un de leurs fils arrivaient un berceau de petit prince, mobilier assorti, sans compter la layette et de touchantes peluches disant le désir de la mère d'être présente à chaque instant sous les yeux de son enfant.

Le père, ils avaient fait sa connaissance le jour où, avec madame de Courlet, il leur avait apporté le nourrisson, si petit contre sa poitrine. Il ne leur avait pas dit son nom, mais, sûr, c'était un seigneur.

Très vite, ils s'étaient attachés à Vincent, un bébé exceptionnel, calme, souriant et qui faisait ses nuits. Plus tard, un enfant sage et appliqué, bien noté à l'école. Enfin, un jeune homme doué qui ne pensait qu'à peindre. Et jamais, ni sa Madeleine ni lui n'auraient imaginé qu'ils le garderaient chez eux durant presque vingt-trois ans.

Je ne me lasse pas d'interroger le bébé qui faisait ses nuits, l'enfant sage et appliqué, le jeune homme doué. Ses nuits, avait-il continué à les faire lorsqu'il avait compris que Paul et Madeleine n'étaient pas ses parents et le toit sous lequel il vivait pas vraiment le sien ?

Il rit : un rire nouveau, plus léger depuis quelque temps.

— Mais qu'est-ce que tu racontes, ma Filippa ? Le toit de « L'Ancolie » était bien le mien et, même sachant qu'ils ne l'étaient pas, j'aimais Paul et Madeleine comme un père et une mère. À l'école, imagine un peu, alors que de nombreux enfants se plaignaient de n'avoir qu'un seul parent, moi j'en avais quatre, tu te rends compte ? Seul regret : interdit de m'en vanter.

Comme si Vincent était du genre à se vanter !

Il se débrouille pour en revenir toujours à moi. Il a trouvé le moyen de me guérir de mon « méli-mélo » de sentiments en prétendant avoir éprouvé le même face à ma douceur, mon écoute, mes airs perdus, se retenant de me prendre dans ses bras pour me consoler.

— Et puis tu es belle et tu ne le sais pas !

À mon tour de rire.

— Tu voudrais peut-être faire mon portrait pendant que tu y es ?

— J'en rêve ! Mais là, gare à Margot.

Il a tout compris.

Et lui, les filles, les femmes ? J'ai été soulagée lorsqu'il m'a appris qu'il en avait connu quelques-unes. À 23 ans, le contraire eût été inquiétant.

À son arrivée aux Beaux-Arts, une étudiante avait jeté son dévolu sur lui. Jolie, volontaire, entreprenante, toutes les qualités. Cela n'avait pas duré. Pas plus qu'avec une autre jeune femme, fréquentée durant ses cinq années d'études. Ses « deux mères » avaient dû mal l'élever, il voyait l'amour autrement que comme une course au plaisir, un combat où chacun tente de prendre possession de l'autre. Pour lui, cœur et corps marchaient ensemble, un regard était aussi important qu'une caresse et la tendresse indispensable avant, pendant, après. Si l'on ajoutait que certains mots crus dans la bouche des filles le paralysaient, il devait faire partie d'une espèce disparue. Tant pis ! Son enfance lui avait enseigné la patience, il saurait attendre.

— Et toi, ma Filippa ? Comment se fait-il que tu n'aies personne ?

Moi ? Je préférais avoir tout le monde… un peu. Vincent n'était pas encore né quand j'avais rencontré un don Juan expert et dominateur. J'avais su m'en défaire mais pas de la méfiance que m'inspirait désormais l'amour. Comme lui, finalement, je n'avais eu que quelques passants dans ma vie ; cela me convenait.

— Et puis, j'ai l'art de viser à côté : toi… Cyril…

Je lui ai raconté mon amoureux platonique. Bien sûr, il a voulu le connaître. L'idéal aurait été que la rencontre se fasse en Crète, chez Zorba, au son du bouzouki. À défaut, ils m'ont invitée dans un restaurant grec : chez Héraklès. Je suis abonnée aux dieux.

Un peintre sorti des Beaux-Arts, un stratège ès arts, ils avaient tout pour s'entendre. Ils l'ont fait sur mon dos en décidant, même si cela ne se pratique plus guère à mon âge, de me marier. Rien que pour le bonheur d'être mes témoins, pourquoi pas mes garçons d'honneur.

47

Rose-Marie s'est installée à Fortjoie, désormais sa résidence principale, le lendemain de l'été, jardin en fête. Pas de grand déménagement eu égard à son Gustave. De toute façon, elle avait déjà sur place une partie de sa garde-robe et tout le mobilier nécessaire. Elle nous a avoué que durant cette première nuit, de bonheur, elle n'avait guère dormi. Bonheur à son apogée lorsque Vincent lui a fait la surprise de lui monter son petit déjeuner au lit, une rose sur le plateau.

Quelques news de celles que nous appelons nos « pionnières », les vaillantes de nos débuts sans lesquelles la belle aventure aurait peut-être capoté : Armelle, Aude, Sibylle, Henriette et Agnès.

Après une passe d'armes musclée avec son Anselme, Armelle a consenti, à la demande de ce dernier, à poursuivre leur cohabitation et remplir ses devoirs de maîtresse de maison en recevant dans leur hôtel particulier, comme elle sait si bien le faire, les grands traders internationaux. Nous avons appris que, une nuit, il avait tenté une OPA sur sa couche. Raté ! On peut la voir, à Fortjoie, se promener dans le parc au bras d'Enzo – un hectare quand même –, largement de quoi s'égarer le soir tombé. Elle pose désormais pour Vincent dont elle apprécie la parfaite éducation, les respectueuses manières. En chacun de nous se cachent plusieurs personnalités. Savons-nous jamais tout à fait qui nous sommes ? C'est ce qui rend la vie si attrayante : l'uniformité, quel ennui !

Guy Ardoin se fait si petit, si discret, qu'il a totalement disparu du paysage (même vert). Son Aude continue à partager l'appartement de Sibylle qui s'efforce de lui inculquer quelques rudiments de discipline, un soupçon de rigueur. En échange, « Aube » tente d'apprendre à Sibylle à baisser la garde. Aude qui, de Joseph, à qui elle sera éternellement reconnaissante d'avoir fait se lever le soleil sur sa vie, est passée à Ladislas. Et, sur la toile que celui-ci lui consacre, le miracle se produit : un peu de ce soleil, si généreusement donné par l'Antillais, perce les gris nuages de notre tourmenté. L'hétaïre semble sur le point d'aboutir là où les « ressources humaines » avaient tristement échoué. Et comment Sibylle le lui reprocherait-elle alors que sous la vigoureuse caresse des brosses et des pinceaux de Joseph, interprète qu'elle s'est choisi, elle lâche enfin prise, fond, se dilate, explose, sur le sable brûlant des Antilles.

Durant quelque temps, nous avons espéré qu'Henriette quitterait son mari. C'était compter sans l'amour qu'elle porte à son fils. Elle assure qu'Enguerrand, bien qu'aussi généreux que son père est pingre, souffrirait d'une séparation. Elle a donc décidé de rester tant que Luc respectera sa liberté. Apprenant qu'il tentait de la récupérer par les sens, tout Fortjoie s'est écroulé de rire. Pour son nouveau portrait, Henriette a choisi, sans surprise, Ladislas. Elle et les orphelins…

La surprise nous est venue de la bonne Agnès Berthelot. Personne n'a compris qu'après Vincent, un portrait qui lui avait donné, à elle et son mari tant de satisfaction, elle ait porté son choix sur Enzo. Esprit de charité ? Inconscience ? Inutile de dire que le « mauvais garçon » se régale. Nous aussi, en la voyant émerger de son atelier un peu plus écarlate et chiffonnée à chaque fois. Jusque-là, elle n'a pas souhaité revenir sur son choix.

À propos d'Enzo, nous en avons appris davantage sur lui.

Ses liens avec le « Cygne noir » nous avaient offert un début de piste. Qui était cette amie qui, en lui fournissant la liste des clients de l'auberge, nous avait sauvées ?

Pour Rose-Marie, la curiosité est un joli défaut qui permet la connaissance et la reconnaissance de l'autre. Son Gustave ayant été autrefois client de l'auberge, elle y avait gardé quelques relations. Elle s'y est rendue, armée d'une photo d'Enzo et a demandé à voir la patronne. Mais, bien sûr, on l'y connaissait ! Le fils d'Irène, une « locataire », hélas décédée des suites d'une sale maladie, père inconnu.

Et voilà ! L'orphelin n'était pas celui que l'on croyait. Nous avons compris les préventions d'Enzo pour une certaine bonne société de la ville. Préventions dont Armelle l'avait si savamment guéri. En même temps que lui réconciliait « Armelita » avec son passé.

Écoutons Socrate, le philosophe grec, porte-parole de Platon, dans *Le Banquet* :

« Il arrive que l'accouplement de deux êtres opposés permette à chacun de mieux se connaître et s'accepter. »

Pour en revenir au « Cygne », aux dernières nouvelles, un petit vent de panique aurait découragé certains clients, et l'auberge déplorerait une baisse de fréquentation. L'accouplement entre deux êtres, opposés ou non, étant le sport favori de beaucoup de ces messieurs, gageons que cela ne durera pas.

48

Diane et moi avons repris le travail. Diane dans son bel appartement-bureau, moi à Quintessence.

Le tournage de *Ces petits qui se prennent pour des grands* aura lieu fin juillet. Lancement de la campagne mi-août, quinze jours avant la rentrée.

Six mannequins d'horizons différents, Europe, Asie, Afrique, trois filles, trois garçons, ont été retenus. Pour elles, jupettes ou pantalons moulants, tee-shirts rebrodés de perles, ballerines de danseuses étoiles ou chaussures à brides et petits talons comme maman. Pour eux, sweats à capuche, polos à l'effigie de leurs champions, jeans taille basse laissant apparaître le haut du caleçon, baskets fluo ou souliers cirés comme papa.

Filles et garçons porteront les cheveux mi-longs et seront coiffés de bonnets pointus, casquettes portées à l'envers, toques de fourrure. Accessoires ? Foulards autour du cou, bracelets multiples, larges ceintures auxquelles on accroche des cadenas en forme de cœur. On osera le tatouage ; de ceux qui disparaissent à l'eau et au savon.

« Il arrive que l'accouplement de deux êtres opposés permette à chacun de mieux se connaître et s'accepter... » Au secours, Socrate, connaître qui ? Accepter quoi ?

Une enquête récente a fait grand bruit : « Dites "amour" à votre enfant, il entend "porno". »

Par le biais d'Internet et des réseaux sociaux, le porno est désormais à la portée de tous. Les sites se multiplient, films, vidéos, photos, le sexe pour le sexe, le corps avant le cœur. De plus en plus d'ados les fréquentent, suivis par leurs petits frères et sœurs. Dans certaines cours de récréation, on n'échange plus des « Haribo Tagada », Bounty et Kinder bueno, mais des images obscènes et des joujoux coquins. Les mots les plus hard, de ceux que n'oseraient pas prononcer les parents, ont remplacé les innocentes plaisanteries qui, autrefois, empourpraient les joues. Parlez-leur de « faire l'amour », ils rigolent.

Arrivés à l'âge de se lancer – qui lui n'a pas changé : autour de 17 ans – voilà des garçons paralysés à l'idée de ne pas faire aussi bien que leurs surpuissants modèles. Voici des filles qui attendent, comme un dû, le grand frisson promis par leurs héroïnes, les cris à percer les cloisons, et qui, devant les piteux résultats obtenus, en font porter la responsabilité à leur partenaire, lorsqu'elles ne se désolent pas d'une supposée frigidité.

Les médias en font leur miel. On parle du recul des interdits, de libération, de bouleversement des mœurs, de valeurs perdues, de révolution. Des adultes s'affolent : comment endiguer le flot du X ?

Des spécialistes s'interrogent : accompagner ? Interdire ? Punir ?

Et si on laissait aux enfants le temps d'être des enfants ?

Celui des jeux innocents, du rêve, du troublant mystère qui rôde autour de la chambre des parents ? Le temps des illusions que l'on ne perd jamais tout à fait, quoi qu'en dise le poète, et sur lesquelles se bâtissent des royaumes enchantés qui, toute notre vie, éclaireront un coin de notre mémoire comme un message têtu d'espoir.

« Ces petits qui se prennent pour des grands. »

Je regarde cette fillette, toute fiérote dans ses collants pailletés et sa jupe en corolle. Je regarde ce garçon qui élargit ses épaules dans son sweat de champion. Dans notre film, il y aura un moment où ils se donneront la main. Je les regarde qui se regardent, éblouis, incertains, et une chanson me revient qui parle, s'il m'en souvient, de guerre et d'orage qui gronde. Ces guerres, ces orages, ils les connaîtront bien assez tôt, « laissons-les, laissons-les, laissons-les s'aimer ».

49

Et le coup de tonnerre : juin-Jupiter, dieu de la Foudre ?

— Un jour, il faudra que vous veniez à Fortjoie voir l'œuvre de nos peintres, avais-je suggéré à Gilles Duplessy, le compagnon de Cyril, lors du déjeuner Quintessence au Jardin des Sens.

— Je le ferai volontiers pour votre père, un grand monsieur, avait-il répondu et je n'avais pas osé y croire.

Il m'a appelée au bureau vendredi, en fin d'après-midi. Si cela me convenait, il passerait dimanche dans la matinée.

J'étais avec Aurélie, mon assistante. J'ai répondu : « Oh oui, bien sûr, dimanche, très bien. » Bafouillé · « Merci, à bientôt alors ? » Raccroché.

— Ça va, Filippa ? a demandé Aurélie. Rien de grave ?

Soudain, j'avais du mal à respirer.

— Si, du très grave !

Et, comme le visage de mon assistante s'altérait, j'ai ajouté :

— Et même, du fabuleusement grave.

Gilles Duplessy, le galeriste mondialement connu, résidences secondaires : Londres, New York, Tokyo, chez nous ? L'expert dont on disait qu'il pouvait faire ou défaire une carrière, même s'il s'en défendait en soutenant qu'à notre époque un véritable talent ne peut rester longtemps ignoré et qu'un Vincent Van Gogh comme un Nicolas de Staël seraient pleinement reconnus de leur vivant, jugeant l'œuvre de nos garçons ?

Cyril était à Paris, notre maison-mère, jusqu'à demain. J'ai expédié le reste du programme avec Aurélie et j'ai foncé à Fortjoie. On n'annonce pas une mauvaise nouvelle par téléphone… pas plus qu'une trop bonne ? Tandis que je roulais vers le château, voilà que je doutais. « Fabuleusement grave »… Et si je m'étais trop avancée en demandant à Gilles de passer ? Si, à l'un ou l'autre de nos garçons, il ne trouvait pas de talent. Le visage de Ladislas m'est apparu. Lui, ne s'en remettrait pas.

Une anecdote, racontée par Cyril, me revenait. À un peintre, nouvelle coqueluche du milieu artistique new-yorkais, qui avait sollicité son avis, le galeriste avait froidement répondu devant un parterre d'admirateurs : « Rappelez-moi le jour où vos toiles montreront autre chose que du Henri Matisse mal digéré. » Pas le genre à cacher son avis.

19 h 30. Je me suis garée loin de l'entrée, chut ! Devant le perron, deux voitures seulement : celle de Rose-Marie et l'antiquité de notre gendarme. Hall désert, branle-bas de casseroles dans la cuisine.

Je suis montée sur la pointe des pieds. La porte du salon de compagnie était ouverte. Rose-Marie, penchée sur un sac de voyage, bâillant sur le lit. C'est vrai : week-end dû à son Gustave.

Me voyant apparaître, elle a sursauté : « Filippa ? » Une ombre est passée sur son visage : « Quoi encore ? » Un jour, serions-nous tout à fait rassurées sur notre sort ?

J'ai refermé la porte et je lui ai raconté la promesse faite par Gilles Duplessy au « grand monsieur » qu'était, selon lui, papa. Son appel, une heure plus tôt pour m'annoncer sa venue dimanche, après-demain. D'abord ma joie, puis mes doutes : et si c'était trop tôt ?

Et là, j'ai eu droit à l'une des rares et belles colères de notre présidente, la dernière en date dirigée contre Margot lorsqu'elle s'était proposée de « déniaiser Vincent ».

Comment osais-je mettre en doute, ne serait-ce qu'une seconde, le jugement du grand monsieur qu'avait été, en effet, mon père ? Imaginais-je qu'il était allé piocher au hasard, sur les trottoirs de Poitiers, trois insignifiants « barbouilleurs » ? Donnant raison à nos ennemis ? Qu'il les avait logés, nourris, blanchis, épaulés, par philanthropie ? Pour se distraire, peut-être ?

Son regard a brillé de fierté. Si Aymar a élu, tu entends, Filippa, « ÉLU », parmi mille autres, Joseph, Enzo et Ladislas. S'il a offert à Vincent cinq années de Beaux-Arts, qu'il les a traités comme des princes, c'est qu'ils l'étaient ! Des princes en devenir. Il avait flairé leur talent, pour cela, c'était un as, le meilleur des sourciers. Et dimanche, ton Duplessy ne s'y trompera pas lui non plus.

Sur ce, elle a appelé son mari pour l'avertir qu'un heureux imprévu l'empêcherait de passer le week-end avec lui, pardon mon chéri, dîne sans moi, je te revaudrai ça.

Dehors, les voix sonores de Paul et de Joseph ont retenti. Ils aiment faire le tour du parc avant la nuit. Et s'ils découvraient ma voiture ? Et si Vincent montait dire bonsoir à sa mère ?

— On ne leur dit rien ! Tu tiens à ce qu'ils passent deux nuits blanches avant dimanche ? Celle de demain leur suffira.

Et pas un mot non plus à Diane et à Margot, Margot capable de mettre dans l'heure toute la ville au parfum du prodigieux événement, elle, au moins ne douterait pas. Quant à moi, je restais. Événement inattendu, une dînette-festin s'imposait.

50

C'est à Paul que Rose-Marie a réservé la primeur de l'annonce, après lui avoir expliqué qui était Gilles Duplessy. Il n'était que 8 heures et, même si elle avait passé un bon moment à sa toilette, les froissements d'une nuit blanche s'inscrivaient sur ses traits.

— Il me semble que c'est fameux pour notre Vincent et ses amis, s'est contenté de remarquer le gendarme.

La suite s'est passée à la cuisine où les garçons prenaient leur petit déjeuner.

Gilles Duplessy à Fortjoie ? « Notre » Vincent a échangé avec sa mère un regard de bonheur et de confiance tandis que Joseph criait victoire. Enzo a déclaré que le plus grand galeriste de la planète ne le ferait pas changer d'un iota sa façon de peindre, on le prenait tel qu'il était ou non, salut l'artiste ! Quant à Ladislas, il a demandé si, en ce qui le concernait, on ne pouvait pas remettre la visite à plus tard, ne s'estimant pas prêt, s'attirant les protestations de ses amis : « Tous pour un, un pour tous. » C'est Margot qui aurait apprécié.

Elle a été priée de passer, ainsi que Diane, à l'heure du déjeuner. Et, comme notre présidente s'y était engagée, les pionnières ont, elles aussi, été conviées.

La vie étant trop courte pour en savourer les plaisirs en solo, Rose-Marie avait pris, la tempête passée, une autre initiative en investissant dans une tente de toile blanche sous laquelle se prenaient désormais en commun les repas-Lucullus. Antiques tables et chaises de jardin, grattées et repeintes par Paul et Joseph, planche sur tréteaux, recouverte d'une nappe damassée pour le buffet. Les chics camionnettes des traiteurs y livraient directement les commandes, complétées, si nécessaire, par salades et boissons maison. Ouverture des agapes de 12 h 30 à 14 heures, chaque repas transformé en fête.

Samedi. Ni séances de pose, ni traiteur, les peintres occupés à leur œuvre, leurs paysages personnels. Juin. Entre Junon et Jupiter, le ciel hésitait. À l'horizon, de gros nuages se formaient. Courants chauds, courants froids : menace de grêle. Surtout pas demain, les dieux ! Demain, s'il te plaît, Éole, pas d'arbres en travers des routes, d'avions détournés, de visite d'expert annulée.

Pour passer le temps et l'inquiétude, nous avons, avec l'aide de Joseph, préparé une salade monstre : tomates, concombre, cœurs de palmiers, avocats et grosses crevettes rapportées en urgence du marché par Paul. Ainsi que ces fruits rouges : groseilles, fraises et framboises, qui vous donnent l'impression de croquer l'été avant l'heure.

Diane et Margot sont arrivées les premières, brûlant de curiosité. Pourquoi cette convocation ? Que se passait-il ? Bon ou mauvais ?

Patience, la réponse quand tout le monde serait là.

Rose-Marie avait décidé que ce serait à moi d'annoncer la nouvelle. N'en étais-je pas à l'origine ? De Quintessence à Cyril, de Cyril à son compagnon, de ce dernier au « grand monsieur »… À propos de Cyril, je lui avais laissé un message la veille. Qu'attendait-il pour me rappeler ?

Les pionnières sont arrivées en ordre dispersé, dévorées elles aussi de curiosité, une qualité très répandue à Fortjoie. Quand toutes et tous – car, bien sûr, les premiers concernés étaient de la partie – ont été rassemblés sous la tente, Rose-Marie m'a fait signe. Je me suis levée.

— Voilà… C'est tout simple, ai-je commencé d'une voix qui affirmait le contraire, Gilles Duplessy passera ici demain pour juger de l'œuvre des garçons.

Et l'effervescence qui a suivi, les applaudissements, les cris de joie, ont confirmé que j'étais bien la seule à avoir douté d'un avis positif. Attention ! Les belles dames étaient priées de rapporter de toute urgence les portraits qui avaient été faits d'elles afin de les présenter, eux aussi, à l'expert ; selon Rose-Marie, le meilleur de cette œuvre.

*

Il était 14 h 30, toujours dans l'allégresse, nous entamions le dessert lorsque le portable de

Rose-Marie a sonné. Elle a eu une moue d'agacement : Gustave ?

Gilles Duplessy ! Elle a fait signe à tous de se taire, enclenché le haut-parleur, posé l'appareil sur la table.

— Cher ami, vous ?

— De Londres, oui. J'espère ne pas vous déranger. Préférez-vous que je rappelle plus tard ?

— Mais vous ne me dérangez pas du tout, au contraire ! s'est écriée Rose-Marie, son regard plein de rire passant sur les nombreux convives. Je suis heureuse de vous entendre.

— Je voulais savoir si demain, 10 h 30, vous convenait pour ma venue ? s'est enquis l'expert.

Douze têtes ont acquiescé.

— Votre heure sera la mienne, a répondu Rose-Marie.

— Merci.

Gilles Duplessy se réjouissait de faire la connaissance de la maîtresse des lieux dont Cyril lui avait tant parlé…

La présidente de l'association pour les jeunes artistes se ferait un bonheur d'accueillir à Fortjoie l'expert que tous vantaient…

Elle a raccroché.

Et, avant que rires et applaudissements saluent la comédienne, elle a brandi son portable et juré de ne jamais utiliser l'un de ces appareils barbares qui permettent à l'interlocuteur de vous voir, pénétrer dans votre intimité, se privant ainsi de tout suspense, tout mystère, piments indispensables à la vie.

À peine avions-nous dégusté quelques fruits que c'est mon appareil qui s'est manifesté. « Bis repetita placent » ? Le silence est retombé, tous les regards ont volé vers moi. J'ai décroché.

Cyril ! Rose-Marie a posé une main autoritaire sur mon poignet. Bien obligée, j'ai mis le haut-parleur.

Il était dans le TGV qui le ramenait de Paris à Poitiers ; bien sûr au courant de la venue de Gilles chez nous.

« Je voulais savoir si j'étais autorisé à l'accompagner ? » a-t-il demandé d'une voix malicieuse indiquant qu'il ne doutait pas de la réponse.

Gros « oui » silencieux et enthousiaste de l'assemblée.

— Je te passe Rose-Marie, elle est juste à côté, ai-je répondu sous les regards réprobateurs : quelle idée de casser le jeu !

Aucune envie, mystère-piment ou pas, que mon amoureux platonique se lance dans une conversation privée. D'autant que, n'ayant pas de secret pour lui, je lui avais confié que la « maîtresse des lieux » avait été également celle de mon père durant plus de vingt ans. Quant à Vincent, lors du déjeuner « Héraklès », il n'avait pas résisté, entraîné par moi, à dévoiler à Cyril – sous le sceau du secret – qu'il était mon frère.

Pas de secret de Cyril à Gilles. Et si, demain, celui-ci se trahissait ? Le regard de Vincent m'a indiqué qu'il partageait mon inquiétude. Lui, je ne sais pas, mais, moi, je me ferais tuer par mes sœurs. Sans compter Rose-Marie.

— J'espère que, à l'issue de sa visite, votre ami acceptera de prendre un verre avec nous. Pourquoi pas un repas léger ? proposait-elle à Cyril, vigoureusement approuvée par toutes.

— Un verre sans doute, pour le repas, je ne peux m'engager, n'ayant pas son agenda, répondait Cyril.

— Nous comptons sur vous pour l'y inscrire, s'il n'est pas trop tard, bien sûr, a insisté Rose-Marie.

À nouveau, mon regard a croisé celui de Vincent, plein d'une même soudaine interrogation. Et si, sur cet agenda, c'était Cyril qui avait inscrit Fortjoie ?

51

La voiture, conduite par Cyril, s'est arrêtée à 10 h 25 en bas des marches du perron : ponctualité, politesse des rois.

Gilles Duplessy en est sorti. Rose-Marie, en jolie robe printanière, est venue à sa rencontre.

— Enfin ! a-t-elle constaté simplement tandis qu'il s'inclinait sur sa main.

— J'ai fait du plus vite que j'ai pu, a-t-il répondu.

Et le sourire qu'ils ont échangé indiquait clairement que, même s'ils se voyaient pour la première fois, ils se reconnaissaient.

Elle nous a désignées.

— Voici Diane et Margot, les filles d'Aymar. Inutile de vous présenter notre Filippa.

Il a serré les mains de mes sœurs, moi il m'a embrassée, c'est idiot mais j'ai été fière.

— On y va ? a proposé Rose-Marie en désignant la porte du château.

Les garçons attendaient dans le hall, leur nuit blanche inscrite sur leurs visages, même sur celui d'Enzo malgré ses airs bravaches. Gilles a serré la main de chacun. Se doutait-il que la veille, des heures durant, ils s'étaient livrés au tri entre œuvres jugées dignes ou indignes de lui être montrées ? Les portraits venant en bonne place parmi les premières, auréolées du soutien de celles qui les leur avaient commandés.

— Je veux TOUT voir, a déclaré fermement le galeriste. Les toiles dont vous êtes fiers, mais aussi celles que vous avez tournées contre le mur, les tâtonnements de vos débuts, vos brouillons, vos esquisses. Toutes sont vous.

Les peintres ont échangé un regard troublé. Gilles a ajouté qu'il rencontrerait chacun, seul dans son atelier, en commençant par le premier arrivé au château et terminant par le dernier : Vincent, n'est-ce pas ?

Et j'en connais qui ont été soulagées. Imaginez qu'il ait voulu débuter par le fils du « grand monsieur », le seul à avoir fait une école de peinture, quel choc pour les autres ! Tout artiste, même s'il s'en défend, est un perpétuel écorché, un abîme de susceptibilité. Mousquetaire ou non…

Il a suivi Joseph, les autres ont regagné leurs ateliers. L'attente a commencé.

L'orage s'était éloigné, ciel bleu dur, grand soleil : bon signe ? La première à nous rejoindre sous la tente a été Armelle : alors ? Suivie d'Aude et de Sibylle, alors ? Alors ? À leur tour rejointes par Henriette et Agnès : quelles nouvelles ?

Aucune nouvelle, normal ! Il était midi, cela ne faisait qu'une grande heure que l'expert avait commencé sa tournée. Et n'avait-il pas quatre artistes à rencontrer ?

Elles ont pris place autour de Rose-Marie et Paul leur a servi à boire. La chaleur montait, une glacière avait été placée près du buffet. « Il prendra certainement un verre », avait dit Cyril. Des coupes avaient été également prévues. Et si lunch il y avait, on ferait avec les moyens du bord, un bord toujours bien approvisionné.

Peu désireux d'affronter des questions sur son compagnon, auxquelles il ne voudrait ou ne pourrait répondre, mon directeur artistique faisait un tour de parc avec l'ancien gendarme.

Midi trente. Pas un bruit du côté du château, aucun mouvement dans le hall. On évitait de regarder du côté des fenêtres des ateliers. À y bien réfléchir, Gilles Duplessy ayant demandé à TOUT voir, trente minutes dans chacun était un minimum. C'est s'il avait expédié les choses que nous aurions pu nous inquiéter.

Sous la tente, après avoir épuisé le sujet « vacances » : où ? avec qui ? combien de temps ? – en se contrebalançant des réponses –, le silence était retombé. Margot tentait, sans grand succès, de le rompre avec des plaisanteries fumeuses : « réunion de cheftaines attardées ? » ou « pas de table à faire tourner ? » qui ne trouvaient aucun écho. Finalement, promesse ou non, avions-nous eu raison de demander aux pionnières d'être présentes ? Quelle serait la réaction de Gilles Duplessy en découvrant les « cheftaines attardées » ? Et son verdict, si verdict il y avait, ne le réserverait-il pas aux artistes, ainsi, bien entendu, qu'à la maîtresse des lieux ?

Et celle-ci pouvait bien afficher un sourire de Joconde, plus les minutes passaient, plus sa nervosité était manifeste. Papa, le meilleur des sourciers ? La baguette d'un sourcier n'est pas infaillible. Il arrive qu'il tombe sur une toute petite nappe d'eau, eau boueuse, non potable, non exploitable. Du genre à trouver autour les ossements d'animaux morts de soif. Tu devrais écrire un roman, Filippa…

*

Il était plus de 13 heures lorsque Gilles Duplessy est apparu en haut des marches du perron, suivi par les garçons. C'est vers leurs visages que tous les regards ont couru : graves ! Même celui de l'exubérant Joseph. Même celui d'Enzo le persifleur. Graves avec, m'a-t-il semblé, une intensité nouvelle. Quant au visage de Gilles, le même sourire indéfinissable qu'à son arrivée. Cyril et Paul nous avaient rejoints. On n'a plus entendu que le bourdonnement du printemps.

Contenant sa hâte, Rose-Marie est allée à la rencontre du petit groupe.

— Vous devez avoir soif. Vous avouerai-je que nous avons commencé sans vous ?

Et, entraînant le galeriste sous la tente : « Une coupe ? »

Tous les souffles suspendus : il accepte, c'est bon, il refuse, mauvais.

— Très volontiers, a-t-il répondu.

En quelques secondes, au cas où il se raviserait ? la coupe a été dans sa main. Avec un sourire, il l'a tendue à Rose-Marie. Une autre lui a été apportée dans l'instant. Un oiseau, flèche claire, a traversé le ciel, traçant l'avenir ? Oui, un jour je l'écrirais. Gilles Duplessy a levé sa coupe.

— Aymar de Fortjoie ne s'est pas trompé, a-t-il dit.

Un peu plus tard – champagne plus soulagement, un brouillard bienheureux planait sous la tente – l'expert a bien voulu nous en dire davantage et nous avons compris l'intensité sur le visage des garçons.

Sur les toiles qui lui avaient été montrées, et ceci valait pour tous, il avait trouvé l'essentiel. Ou, plutôt, il l'avait entendue : cette voix qui, du fond d'une œuvre, nous hèle : « Eh, toi ! », nous interrogeant sur notre bref passage sur terre, nous permettant de nous inscrire dans la continuité. Cette même interrogation qu'exprimaient nos lointains ancêtres sur les parois de leurs grottes où, avec la paume de leur main, à la pierre taillée ou au pinceau, ils dessinaient au charbon de bois ou à l'ocre rouge, de superbes bestiaires et des hommes fragiles, passant ainsi le relais à ceux qui suivraient, visant l'éternité par le biais de la beauté.

L'artiste, a repris Gilles Duplessy, cherche à la fois à témoigner de son temps et nous ouvrir l'avenir. Dans un monde sans frontières et sans freins, avec l'art dit « moderne » ou « contemporain », les choses s'étaient accélérées et il arrivait que certains, à trop vouloir transgresser les règles, provoquer, déconstruire à tout prix ce qui s'était fait avant eux, y perdent leur voix, éteignent en eux la flamme créatrice porteuse d'émotion, celle qui passe dans trois points dessinés par Jean Cocteau, quelques notes de musique d'Erik Satie, un empilement de cartons de Georges Braque ou l'instantané d'une photo.

Qu'avait dit Joseph, déjà, parlant de « ressemblance » ? Un flash, un reflet, une lumière qui répond à une autre lumière. Et Enzo ? Une façon de percevoir le monde d'un peu plus haut, plus loin. Et je revoyais, à la proue d'un voilier, trois visages de femmes se rapprochant, disant hier, aujourd'hui et demain, tandis qu'Éole, dieu du Vent, faisait souffler le meltem.

Gilles Duplessy a dit aux garçons qu'ils devraient beaucoup travailler, creuser en eux sans relâche pour trouver ce que chacun avait à dire, sa propre voix, son émotion particulière. Ils n'étaient qu'au début du chemin.

Puis il s'est tourné vers Rose-Marie.

En percevant dans leurs toiles cette lumière, même timide, y entendant cette voix, Aymar de Fortjoie s'était lui-même inscrit parmi les artistes.

52

Lundi matin, flanquée d'Aude – pas par hasard –, Rose-Marie est allée trouver le préfet et elle lui a rappelé sa promesse de mettre à sa disposition le salon d'honneur de l'hôtel de ville afin d'y organiser une exposition. Le jour était venu de tenir son engagement.

En effet, Gilles Duplessy, le fameux galeriste, était passé la veille au château de Fortjoie où il avait reconnu du talent aux artistes qui y étaient abrités. Il était donc temps de les faire connaître du grand public. Quatre artistes… le salon d'honneur n'y suffirait pas, aussi se permettrait-elle d'utiliser également les deux pièces attenantes à celui-ci, la salle des mariages et celle dite « du blason ».

L'inauguration, si le préfet en était d'accord, aurait lieu le samedi suivant le week-end du 14 juillet, soit le 19. L'exposition se prolongerait jusque début août. Les Poitevins étant grands amateurs d'art et les touristes, nombreux à cette saison, attirés par la beauté de la ville médiévale et romane, Rose-Marie ne doutait pas de son succès.

Voyant son interlocuteur virer au cramoisi, elle avait un instant craint l'apoplexie. D'autant qu'Aude, alors qu'elle lui était présentée, s'était enquis de sa « charmante épouse », un cygne noir battant des ailes dans sa prunelle.

Après avoir desserré sa cravate et ouvert son col, le représentant de l'État s'était dit heureux d'accéder à la demande de la présidente de l'association bien connue. Cependant, pris par d'autres obligations, il craignait de ne pouvoir être présent le grand jour. Il ne doutait pas que son ami Gustave se ferait un plaisir de le représenter et parler en son nom.

Sur ce, il a confié Rose-Marie au concierge du bâtiment, ancienne connaissance de celle-ci, un homme charmant, avec mission de l'aider à organiser ladite exposition. Nous avions trois semaines pour faire de celle-ci un triomphe.

*

Première tâche : repérage des lieux.

Une visite guidée a été organisée rien que pour nous, accompagnées par les artistes.

L'hôtel de ville abritait autrefois le musée des Beaux-Arts. Si vous ajoutez que le rez-de-chaussée a été inspiré par l'opéra Garnier, quoi d'étonnant à ce que, gravissant les marches du somptueux escalier à rampe ouvragée, entre sculptures et tableaux, il vous semble devenir acteur du passé, montant au balcon de l'histoire ?

Et là, qui vous accueille dans le salon d'honneur ? Aliénor d'Aquitaine dans une somptueuse robe bleue, son doux visage tourné vers ses sujets. Aliénor, protectrice de la « poésie courtoise », celle qui valorise la vaillance, le beau parler et l'amour... On a parfois l'impression que certains lieux n'attendaient que vous.

Ce salon nous a paru tout désigné pour recevoir les portraits des dames de la ville, sous la haute protection, au plafond, de Du Guesclin délivrant Poitiers des envahisseurs.

Au plafond de la salle voisine, dite « du mariage », réservée également par Rose-Marie, c'est l'Hyménée, déesse grecque, qui triomphe. Entre boiseries et cheminée règne une atmosphère plus intime, pourrait-on dire « feutrée », qui nous a semblé idéale pour abriter les œuvres de peintres à la recherche d'eux-mêmes, talent en bourgeon.

Enfin, la « salle du blason », récompensant le Travail, accompagnée de la Force, la Justice, la Charité et la Paix, accueillerait le buffet qui suivrait la cérémonie d'inauguration.

La tâche suivante, et non des moindres, a été de choisir avec les artistes les œuvres qui seraient exposées et de déterminer pour chacune la place qu'elle occuperait. Cyril, grand metteur en scène, a bien voulu nous aider de ses conseils. À toutes celles qui avaient remporté leur portrait chez elles, nous avons demandé de bien vouloir s'en défaire le temps de l'exposition. La plupart s'en sont montrées ravies. Quelques-unes ont fait leurs effarouchées, alléguant, un comble, qu'elles devraient en demander l'autorisation à leurs maris !

Me souvenant que Gilles Duplessy avait évoqué la photo comme œuvre d'art – l'instantané –, j'ai suggéré qu'un panneau du salon d'honneur soit consacré à celles de Fortjoie, à différents stades de son existence. Photos en noir et blanc que conservait précieusement notre père. Et pourquoi pas une photo de lui, celle-ci par exemple, où il regarde au loin, où il nous regarde aujourd'hui ? Proposition acceptée avec joie et émotion. Je me chargerais des agrandissements.

Enfin, dernière opération, et pas des plus faciles si l'on voulait ne vexer personne : dresser la liste des invités à l'inauguration. Par chance, le 19 juillet, une partie de la bonne société poitevine aurait quitté la ville pour les vacances, ce qui a rendu la tâche moins délicate. Rose-Marie a fait imprimer une centaine de cartons. Nous nous sommes occupées des enveloppes. Devinez qui a été le premier à recevoir la sienne, agrémentée d'un beau « monsieur » en lettres de gala ? Paul, bien évidemment.

Pour le buffet, nous nous sommes adressées au traiteur habituel de l'hôtel de ville. Le gourmet Gustave se chargerait de la commande.

*

Le second coup de tonnerre a éclaté une petite semaine avant le jour J, le lundi 15 juillet, mois ainsi nommé en l'honneur de « Julius » César, une vie pas vraiment quiète lui non plus !

Il était 11 h 35, Rose-Marie procédait au dernier essayage de la robe bleu-Aliénor, commandée pour le grand jour, lorsque son portable a sonné. Un appel de l'Élysée (pour mémoire : séjour des bienheureux dans la mythologie grecque). Le chef de cabinet de madame la ministre de la Femme et de la Parité avait le plaisir de lui annoncer que celle-ci acceptait son invitation pour le 19 juillet et que, à cette occasion, elle serait heureuse de lui remettre la médaille des Arts et des Lettres pour son action en faveur des jeunes artistes peintres ainsi que pour la promotion de la femme.

Et là, c'est Rose-Marie qui a frôlé l'apoplexie.

QUI ?

Qui avait envoyé une invitation à la ministre et proposé son nom pour la prestigieuse décoration ? Gilles Duplessy ? En aucun cas, a juré Cyril, aussi abasourdi que nous. Gustave ? Le pauvre n'en aurait jamais eu l'idée, ni l'énergie et sans doute pas l'envie. Alors quel mécène inconnu ? Quel amoureux de Fortjoie et de celle qui y œuvrait ?

On parle de « vérité qui crève les yeux », fallait-il que nous soyons aveugles pour que ni Rose-Marie, ni nous, ne devinions qui était l'auteur de la surprise. Le jour venu, elle n'en serait que plus touchante.

Miraculeusement, le préfet s'est retrouvé libre le 19 juillet. Il a tenu à prendre à sa charge les nouveaux cartons d'invitation où figurerait le nom de la ministre tout près du sien. Soudain, le buffet nous a semblé minable. Gustave a été chargé d'y remédier. Voilà que les quelques poltronnes qui avaient refusé de prêter leurs portraits étaient prises de regret. Trop tard, mesdames !

La veille du grand jour, Sacha a fait nocturne. Mieux, il s'est rendu au domicile de ses favorites le samedi au saut de leur lit, pour procéder à d'ultimes et indispensables ajustements.

Au journaliste du quotidien local venu l'interviewer, le coiffeur a déclaré que, sans ses ciseaux, son art de manier la couleur et le peigne pour chanter la féminité de ses clientes, cette journée n'aurait pas eu lieu, les portraits de celles-ci en étant le plus bel ornement. Le plus étrange est qu'il n'avait pas tout à fait tort. Plus modestement, Gilles Duplessy, retenu au Qatar, a adressé un mail aux garçons pour leur dire que ce qui se passerait le 19 ne serait dû qu'à leur seul talent.

53

Il fait radieux, ciel transparent, senteurs d'été, et la ville aux cent clochers retient son souffle.

À 8 heures, ce samedi 19 juillet, les camionnettes du traiteur ont envahi la cour d'honneur, à l'arrière de l'hôtel de ville, pour livrer le buffet, composé de spécialités de la région. Cent cinquante convives sont attendus.

Dès 10 heures, une foule bigarrée, tous âges, toutes langues, a envahi la place où, la veille, avait été dressé un écran géant afin que tous puissent suivre en direct les festivités prévues à l'intérieur de l'édifice, retransmises par France 3. Foule contenue, aux abords de celui-ci, par des barrières et un important service d'ordre.

À partir de 11 heures, les invités, munis de leurs cartons, se sont présentés à la porte du bâtiment, sous les regards curieux, parfois envieux de certains.

La ministre est attendue vers midi. On dit que c'est une femme simple et directe. Il se chuchote qu'elle serait amie du préfet et que c'est grâce à lui qu'elle honore aujourd'hui la ville de sa présence.

Certains affirment qu'elle a de la famille dans la région, d'autres prétendent qu'elle aurait fait ses études de droit à l'université de la ville. Tout et n'importe quoi. Toujours est-il que c'est un grand jour pour Poitiers.

*

Douze coups sonnaient au clocher de la cathédrale Saint-Pierre, lorsque la berline aux vitres teintées s'est arrêtée sur le parvis de l'hôtel de ville, précédée par une voiture de police banalisée d'où a jailli un officier de sécurité.

Il a ouvert la portière à une grande et belle femme dans la cinquantaine, aux courts cheveux gris-blanc, vêtue d'un sobre tailleur-pantalon, chaussée de souliers plats. Elle a salué la foule qui criait et applaudissait, avant de serrer la main du préfet qui l'attendait en bas des marches, ainsi que celles du maire et de Gustave de Courlet. On a pu la voir admirer, tandis qu'elle montait vers la double porte largement ouverte de l'hôtel, l'horloge flanquée de l'Agriculture et de l'Industrie, ainsi que les quatre tigres de plomb entourant le campanile.

France 3 avait installé ses caméras dans le hall où se trouvaient également quelques journalistes et photographes locaux. Elle s'est prêtée aimablement à leurs questions, exprimant son plaisir de se trouver dans l'une des plus belles villes de France, l'une des plus riches en histoire et dont les femmes, au cours des siècles, avaient largement participé à l'essor et à la prospérité.

Puis elle s'est engagée dans l'escalier d'honneur, s'arrêtant au passage pour sourire à sainte Radegonde, écoutant pieusement un poème, lu pour elle par saint Fortunat.

Rose-Marie l'a accueillie sur la loggia, en haut des marches, entourée des peintres, resplendissante dans sa robe bleu-Aliénor, portant, pour tout bijou autour de son cou, le cœur en diamant, retenu par une chaînette en argent, offert par notre père. La ministre l'a embrassée sans façon sur les deux joues sous les flashs des photographes, puis elle a serré la main de chaque artiste tandis qu'ils lui étaient nommés.

Diane, Margot et moi attendions à la porte du salon. À notre tour, nous lui avons été présentées : « Les filles d'Aymar de Fortjoie. » Margot qui étrennait une robe de cour a esquissé une révérence, à l'admiration de son mari, aux secondes loges parmi les invités auxquels, entrant dans le salon, la ministre a adressé sourires et signes de la main.

Pourrait-elle admirer sans attendre l'œuvre des artistes ?

Entourée de ceux-ci, suivie par le préfet, elle s'est arrêtée devant chaque portrait : la chevelure-comète d'Armelle, dont l'époux, en déplacement, n'avait pu venir, Aude, la rose hétaïre, le sourire tendre d'Henriette, Sibylle s'ouvrant au soleil, Agnès à des paysages nouveaux, quelques autres…

— Me présenterez-vous celles que vous avez si bien servies ? a-t-elle demandé aux peintres.

Nos pionnières n'attendaient que ça.

C'est alors qu'elle passait dans la salle des mariages lorsqu'elle s'est dirigée, main tendue, vers un homme d'un certain âge vêtu d'un costume trois-pièces malgré la chaleur, rosette à la boutonnière, que le mystère de sa venue nous a été révélé.

— Cher Gonzague, merci de m'avoir fait parvenir une invitation pour une si jolie journée.

Nous savions que notre notaire avait ses entrées à Bercy, nous ignorions qu'il les avait également au ministère de la Femme.

Dans la salle des mariages, c'est le tableau représentant les amours d'Éos et de Céphale, héros de la mythologie grecque, qui a retenu son attention. Éos est la fille des Titans, Céphale, le fils d'Hermès, dieu des Voyageurs. Éos porte une longue robe rouge qui ne cache rien de ses appas. Céphale est nu. Elle vole, lui sur ses genoux, serré entre ses bras. Son regard est tendre, elle se sait éternelle, elle le sait mortel. Le regard de Céphale est confiant : tant qu'il restera près d'elle, elle lui conservera sa jeunesse.

La ministre s'y est longuement attardée : « Quelle puissante illustration de la femme, aimante et protectrice. » Gustave, que l'on avait un peu oublié, a été le premier à applaudir.

Puis elle a regardé les œuvres-premiers pas des artistes, encourageant l'un, approuvant l'autre, un mot élogieux pour chacun, avant de regagner le salon.

*

L'estrade avait été dressée sous le vitrail représentant Aliénor d'Aquitaine, non loin du panneau où étaient exposées les photos en noir et blanc de Fortjoie ainsi que celle de notre père, si beau et fier, le regard tourné vers l'avenir. La ministre a été priée d'y monter, le préfet et Rose-Marie l'ont entourée. Maître Barbier s'est glissé discrètement derrière, un écrin à la main.

La représentante de l'État a pris le micro. Elle s'est tournée vers les photos, puis vers la présidente de l'association.

— Un jour, a-t-elle commencé sous l'œil de la caméra de France 3, une femme a décidé de sauver ce château, en péril après la mort de son propriétaire. Le sauver afin de permettre aux jeunes artistes qu'il abritait, des créateurs en devenir, d'y forger leur œuvre. Œuvre que nous venons d'admirer. Cette femme, c'est vous, Rose-Marie de Courlet.

Son regard est passé sur nous, au premier rang des invités, elle nous a souri avant de reprendre la parole :

— Secondée par les filles du défunt, vous avez, Rose-Marie, mené un combat difficile contre l'indifférence, voire l'hostilité, de ceux que dérange la liberté de la femme. Quelques-unes, membres de votre association, ont permis au château de vivre et aux jeunes artistes de s'affirmer, en posant pour eux, choisissant de traiter par le mépris les attaques portées contre leur réputation par des adversaires acharnés.

Un vent de malaise est passé et, sur certains visages, dont celui du préfet, la panique. Qui avait renseigné la ministre sur la noire croisade menée par Guy Ardoin ? Allait-elle gâcher la fête en citant des noms ?

— Des femmes courageuses dont les portraits méritent hautement de figurer sur les murs de ce salon, rejoignant celles qui, telle Aliénor d'Aquitaine, telle Diane, souveraine maîtresse d'Henri II, ont bataillé pour l'amour, l'art et la paix.

Des applaudissements ont salué ces derniers mots. La ministre s'est tournée vers maître Barbier qui lui a présenté l'écrin. Elle en a tiré une médaille.

— C'est pourquoi, Rose-Marie de Courlet, j'ai le plaisir de vous nommer chevalier des Arts et des Lettres.

Et tandis qu'elle épinglait, au revers de la robe bleu-Aliénor, la décoration en forme d'étoile, d'un vert intense, représentant en son centre une plume en travers d'un manuscrit, on a entendu vivats et applaudissements retentir sur la place.

Le micro a été présenté à Rose-Marie. Elle a remercié la ministre, les artistes et toutes celles et ceux qui avaient permis à ce moment d'exister. Puis elle s'est tournée vers la photo du seigneur du château et elle a dédié sa décoration à celui qui, durant tant d'années, l'avait accompagnée dans son amour de l'art et de la vie. Et, cette fois, c'est Aymar de Fortjoie qui a été applaudi.

Parfois, la vue d'un visage vous poigne, tant l'émotion y est intense. On a l'impression de voir un cœur à nu, on se sent à la fois indiscret et privilégié d'entrer dans le secret d'une âme. C'était bien l'âme de Vincent qui affleurait dans son regard sur sa mère.

Dans la salle du blason, tous ont pu entendre sauter les bouchons de champagne et la porte s'est ouverte à deux battants. Le moment des agapes était venu. Sur un signe du préfet, la ministre s'est apprêtée à quitter l'estrade.

— Je voudrais vous parler du bonheur, a dit Rose-Marie dans le micro.

Surpris, les invités ont arrêté leur mouvement et leurs regards se sont à nouveau portés vers l'estrade où, en trois pas, la ministre était revenue près de Rose-Marie. Mes sœurs et moi nous sommes regardées : pas prévu au programme. La caméra s'est remise à tourner.

— Ce bonheur que tant peinent à trouver aujourd'hui, a repris Rose-Marie d'une voix ferme, résolue. Que l'on cherche en vain dans les biens matériels, les honneurs, les voyages au bout du monde, alors qu'il est à la portée de tous, du plus modeste comme du plus puissant, à condition d'accepter de s'arrêter un peu.

Elle s'est interrompue. Son regard éclairé a fait le tour de l'assistance, il m'a semblé qu'elle regardait aussi la foule sur la place et tous ceux qui, ce soir, la découvriraient sur leur petit écran. Et ce n'est pas la comédienne qui a parlé mais tout simplement la femme. C'est pourquoi ses paroles retentiraient longtemps dans la mémoire de tous.

— Le bonheur dans le plaisir d'aimer. Pas le plaisir brutal où corps et cœurs sont dissociés, ni le sombre plaisir de posséder l'autre ou s'en faire posséder. Le plaisir d'un lent et voluptueux partage, un apprivoisement mutuel, jusqu'à l'accomplissement.

Qui se souvient, a-t-elle demandé dans un silence inouï, fait d'attente, de crainte, d'un espoir mis, à tort, de côté, que le mot « jouissance », vient du latin « gaudere », qui veut dire « joie ». La joie de deux êtres, deux cœurs, deux corps accordés, allant vers cette « soumission enchantée » dont parle le poète. Soumission d'une femme à cet homme qui la rassure sur sa beauté, quand ce n'est pas lui qui la lui offre avec son regard. D'un homme à cette femme qui lui permet de baisser enfin la garde, manifester sa force en lui proposant protection.

Son regard est allé vers les portraits : « Sur la toile de notre existence, les couleurs d'une autre existence qui, se fondant dans l'harmonie, subliment notre vie. »

Rose-Marie de Courlet de Fortjoie a posé le micro. Peut-on dire d'applaudissements qu'ils sont recueillis ?

Il est des moments auxquels il ne faut surtout rien ajouter, des instants parfaits. C'est ce que m'ont dit la main de Vincent se glissant dans la mienne, le front de Cyril venant sur mon épaule.

« Ça va, mon Filou ? » a demandé papa.

« Qu'est-ce que tu attends pour écrire un roman ? » ont plaisanté mes sœurs.

Dès demain, je m'y mets, promis ! Il parlera d'amour, de plaisir, de création et de ces parenthèses éclatantes qu'on appelle le bonheur, que seul l'autre peut vous donner. Je le dédierai aux dieux qui habitent le ciel et parfois nous font signe. Il s'intitulera : *Au plaisir d'aimer*.

FIN

Table

Du même auteur *(suite)*

Trois femmes et un empereur, Fixot, 1997.

Boléro, Fayard, 1995 ; Le Livre de Poche, 1996.

Chez Babouchka (*Belle-grand-mère*, vol. 2), Fayard, 1994 ; Le Livre de Poche, 2008.

Belle-grand-mère, vol. 1, Fayard, 1993 ; Le Livre de Poche, 2008.

Une grande petite fille, Fayard, 1992 ; Le Livre de Poche, 2009.

Cris du cœur, Albin Michel, 1991 ; Le Livre de Poche, 1994.

L'Amour, Béatrice, Fayard, 1990 ; Le Livre de Poche, 1992.

La Reconquête, Fayard, 1989 ; Le Livre de Poche, 2007.

Les Pommes d'or, (*Croisière*, vol. 2), Fayard, 1988 ; Le Livre de Poche, 2004.

Croisière, vol. 1, Fayard, 1987 ; Le Livre de Poche, 1989.

Vous verrez... vous m'aimerez, Plon, 1987 ; Le Livre de Poche, 1988.

Une femme réconciliée, Fayard, 1985 ; Le Livre de Poche, 2007.

Cécile et son amour (*L'Esprit de famille*, vol. 6), Fayard, 1984 ; Le Livre de Poche, 2007.

Cécile, la poison (*L'Esprit de famille*, vol. 5), Fayard, 1984 ; Le Livre de Poche, 2008.

Rendez-vous avec mon fils, Fayard, 1982 ; Le Livre de Poche, 2007.

Moi, Pauline (*L'Esprit de famille*, vol. 4), Fayard, 1981 ; Le Livre de Poche, 2009.

Une femme neuve, Fayard, 1980 ; Le Livre de Poche, 2010.

Claire et le Bonheur (*L'Esprit de famille*, vol. 3), Fayard, 1979 ; Le Livre de Poche, 2008.

L'Avenir de Bernadette (*L'Esprit de famille*, vol. 2), Fayard, 1978 ; Le Livre de Poche, 2008.

L'Esprit de famille, vol. 1, Fayard, 1977 ; Le Livre de Poche, 2008.

NORD COMPO
multimédia

Composition et mise en pages
Nord Compo à Villeneuve-d'Ascq

CET OUVRAGE
A ÉTÉ ACHEVÉ D'IMPRIMER
SUR ROTO-
PAR L'IMPRIME
À MAYENNE EN DÉCEMBRE 2014

N° d'édition : L.01ELIN000381.N001. N° d'impression : 87795
Dépôt légal : février 2015
Imprimé en France